U0472588

担头看花

陆 灏

上海文艺出版社
Shanghai Literature & Art Publishing House

目录

“吾家苗介立”

一

钱锺书《槐聚诗存》一九五四年有一组《容安室休沐杂咏》，第六首云：“音书人事本萧条，广论何心续孝标。应是有情无着处，春风蛱蝶忆儿猫。”自注：“来京后畜一波斯猫、迁居时走失。”(《槐聚诗存》，三联书店，1995 年 3 月版，106 页)

那只走失的猫应该就是杨绛专门为之作文的“花花儿”。那是钱杨住清华时养的一只猫，是杨先生的亲戚从城里抱来的，“它的妈妈是白色长毛的纯波斯猫，这儿子却是黑白杂色”。在《钱锺书与〈围城〉》一文中，杨先生也说到这只聪明的猫：“小猫初次上树，不敢下来，锺书设法把它救下。小猫下来后，用爪子轻轻软软地在锺书腕上一搭，表示感谢。我们常爱引用西方谚语：‘地狱里尽是不知感激的人。’小猫知感，锺书说它有灵性，特别宝贝。”接着便有钱先生那著名的帮猫与邻居家猫打架的趣闻。这件事，吴学昭写的《听杨绛谈往事》也说到了。猫儿闹春，钱家小猫常与邻居家的猫打架，钱锺书特备长竹竿一枝，放在门口。夜里听到猫儿叫闹，不管多冷的天，都从热被窝里起来，拿着竹竿冲出去助阵。而对方就是邻居林徽因家的宝贝猫，被林称为一家人“爱的焦点”。杨先生怕伤了两家和气，用钱先生在小说《猫》中的话劝他：“打狗要看主人面，那么，打猫要看主妇面了！”但钱先生笑着说：“理论总是不实践的人制定的。”好在林家不知此事，还是常请他们夫妇过去吃饭。

多年后钱先生住院时，潘兆平去陪杨先生聊天，又说到钱先生用竹竿帮自家猫与林徽因家的猫打架事，潘兆平告诉杨先生，所谓“猫打架”，其实是猫在调情交尾，“钱先生去帮忙打架，实际上是‘棒打鸳鸯’，拆散人家的好事”。杨先生听后笑着说：“原来还有这个说法，可惜你伯伯不知道。”潘兆平说：“牛津大学图书馆没有这方面的资料。”（潘兆平：《是永别，也是团聚》，见《杨绛：永远的女先生》，人民文学出版社，2016年12月版，259页）

二

钱锺书《容安馆札记》中多则提到这只小猫。百六十五则，关于Agnes Repplier的谈猫之书*The Fireside Sphinx*："读之惘然，怅念儿猫。四年前暮春狸奴初来时，生才三月耳。饱食而嬉，余与绛手足皆渠齿爪痕，倦则贴人而卧。"钱先生对小猫观察细致，描写生动："猫儿弄绉纸团，七擒七纵，再接再厉，或腹向天抱而滚，或背拱山跃以扑，俨若纸团亦秉气含灵、一喷一醒者，观之可以启发文机：用权设假，课虚凿空，无复枯窘之题矣。"三十二则道："夏日狸奴睡时，肢体舒懈，柔若无骨，几欲效冰之化水，锦之铺地，其态甚美，拟喻为难。偶见《杂阿含经》卷二十二（五九四）云：'彼时天子天身委地，不能自立，犹若酥油委地。'为之狂喜，此真贴切矣。"虽然没有明说是观察他的小猫所得，但可以肯定是。因此"得一联云：'醇酒醉人春气味，酥油委地懒形模'，可咏春困"，后来又加两句"日迟身困差无客，午枕犹堪了睡逋"，写入《容安室休沐杂咏》。

可能当年钱先生的朋友也知道他们家的小猫，他在上海的好友冒孝鲁写了一首《书近况寄默存先生》，其中有“儿时穿柳聘猫狸”句，自注云：“藏书为鼠啮，不得不嘱望于君家食牛乳之狸奴也”（冒孝鲁：《叔子诗稿》，安徽文艺出版社，1997年9月第二版，87页）。《容安室休沐杂咏》那首诗，在《容安馆札记》百十四则的手稿，自注“迁居时逸去”前有四字：“偻儸勇武”（杨先生也说“花花儿成了我们那一区的霸”），后还有：“《开天传信记》妇人争猫谓：‘若是儿猫，即是儿猫。’《瑟榭丛谈》卷下释之曰：‘牡猫即我猫也。’”《札记》六百九十四则是读《元朝秘史》札记，也论及“儿猫”：

> 卷一德薛禅云：“大凡结亲呵，儿孩儿便看他家道，女孩儿便看他颜色。”按沈西雍《瑟榭丛谈》卷下考论《天开传信记》妇人争猫谓：“‘若是儿猫，即是儿猫儿。’上句‘儿猫’，牡猫也；下句‘儿猫’，我猫也”云云，其说甚确，“儿孩儿”正谓男孩耳。

开头所引钱先生“春风蛱蝶忆儿猫”，忆的正是“我的小公猫”。

三

《容安馆札记》第二十二则，在引了曹庭栋《宋百家诗存》卷二十中吴惟信《咏猫》诗“弄花扑蝶悔当年，吃到残糜味却鲜。不肯春风留业种，破毡寻梦佛灯前”后，钱先生说：“按余豢苗介立，叫春不已，外宿二月馀矣，安得以此篇讽喻之。”

《札记》九十七则，提到明人咄咄夫《增补一夕话》卷六所载《未之有也》谜云：“一树黄梅个个青，响雷落雨漫天星，三个和尚四方坐，不言不语口念经。”钱先生说三年前一夕梦与人谈此诗，那人说：“茅盾译 Lord Dunsany 剧本‘well-dressed, but without hat’一语为‘衣冠端正，未戴帽子’，此诗即咏其事，末句兼及君家小猫儿念佛也。”醒来觉得妙极了，告诉杨绛和女儿，相与喜笑。“时苗介立生才百日，来余家只数周耳。”

钱先生给他的小猫起了个名字“苗介立”，那是唐人传奇《东阳夜怪录》中一个猫精的化名。这篇传奇载《太平广记》卷第四百九十，里面动物化作的妖怪，起名多借谐音或拆字，如驴名“卢倚马”，狗名“敬去文”，牛名“朱中正”等等，“苗介立”者，“苗”与“猫”谐音，“介立”，有云猫蹲坐时的样子，但钱先生在《管锥编》“太平广记二一三”中道：“猫名‘苗介立’者，草书‘貓’字‘豸’傍近草书‘介’字也。”（中华书局，1986年6月第二版，第二册，840页）

《札记》九十七则接着说：“去秋迁居，夺门逸去，大索不得，存亡未卜，思之辄痛惜。”杨绛《花花儿》一文说：“三反运动后‘院系调整’，我们并入北大，迁居中关园。花花儿依恋旧屋，由我们捉住装入布袋，搬入新居，拴了三天才渐渐习惯些，可是我偶一开门，它一道光似的向邻近树木繁密的果园蹿去，跑得无影无踪，一去不返，我们费尽心力也找不到它了。”据吴学昭的书记录，钱杨迁到中关园新居是一九五二年十月十六日，那么苗介立出走也应在这之后的没几天。当时钱先生安慰杨先生说：“有句老话：‘狗认人，猫认屋’，看来花花儿没有超出‘猫类’。”钱先生在《札记》九十七则中又引《湘绮楼日记》光绪元年（1875）八月九日所记安慰自己：“马失三年，至今犹念其驯驶，若留之，当已早死，不如此有未尽之思也。”

“狗认人，猫认屋”这句话，《容安馆札记》三百二十八则也提到，那是关于 *The Modern Cat* 的札记，钱先生加按语道：“按吾国亦有猫认屋、狗认人之说。元遗山《游天坛杂诗》有《仙猫洞》一首自注：‘土人传燕家鸡犬升天，猫独不去。’因云：‘同向燕家舔丹鼎，不随鸡犬上青云。’正咏此事。吾家苗介立之亡，亦其证也。”《管锥编》“太平广记六”也谈到这个话题，引了 *The Modern Cat* 中的话“猫恋地胜于恋人”，只是未提及他家苗介立。

在《札记》百六十五则中，钱先生还说：“余记儿猫行事甚多，去春遭难，与他稿都拉杂摧烧，所可追记只此及第九十七则一事耳。”这里“去春遭难”颇值得关注，不知何难，要烧毁很多手稿。王水照认为就是所谓的“清华间谍案”（王水照：《钱锺书的学术人生》，中华书局，2020 年 11 月版，247 页）。

毛姆的哲学小说

一

钱锺书《容安馆札记》第七则是读毛姆《总结》(*The Summing-up*)的札记，开头就说：

> 曩阅*Creatures of Circumstances*中“Appearance & Reality”一篇，又*The Gentleman in the Parlour*第三十章，知其曾读F. H. Bradley。今观此书第六十三章、六十四章，恍然识其博览古今哲学家著作，亦难能可贵矣。

这里提到的几本毛姆作品都有中译本，而英国哲学家布莱德雷（F. H. Bradley，1846—1924），现在的读者知道这个名字的已不多，但钱先生对他是不陌生的。早在一九三三年，钱先生在清华读书时就写过一篇《作者五人》，介绍了“五个近代最智慧的人”，“他们都写着顶有特殊风格的散文，虽然他们的姓名不常在《英美散文选》那一类书里见过”，其中第二位就是他——“卜赖德雷”。钱先生这样评论他的文字：

> 至于他的文笔，我想只有一个形容字——英文（不是法文）的farouche，一种虚怯的勇。极紧张，又极充实，好比弯满未发的弓弦，雷雨欲来时忽然寂静的空气，悲痛极了还没有下泪前一刹那的心境，更像遇见敌人时，弓起了背脊的猫。一切都预备好了，“磨厉以须”，只等动员令——永远不发出的动员令。从他的敛抑里，我们看得出他感情的丰富。（原刊一九三三年十月五日《大公报·世界思潮》，转引自《写在人生边上的边上》，三联书店，2001年1月版，114页）

钱先生在这篇文章中又说：“我觉得卜赖德雷的是近代英国哲学家中顶精炼、质地最厚、最不易蒸发的文章。把一节压成了一句，把一句挤成了一个字，他从来不肯费着唇舌来解释，所以时常有人嫌他晦涩。”在后面谈论山潭野衲（Santayana）时，又说这两个人的文笔的纤维组织“都很厚，很密；他们的文笔都不是明白晓畅的，都带些女性，阴沉、细腻，充满了夜色和憧憧的黑影（shade）”。毛姆就觉得布莱德雷的书难读。

《客厅里的绅士》（*The Gentleman in the Parlour*）是毛姆在缅甸、泰国等地的旅行记，第三十章中说：“眼下，我带到路上读的一本书正好是布拉德利的《表象与实在》。我以前读过，但发觉很难，想再读。”毛姆这样评论布莱德雷的这本书：

> 这书读来有益，虽然它几乎说服不了你，但常常很尖刻，作者有着令人愉快的讽刺才能。他从不装腔作势。他以轻松笔触处理抽象问题。但是，它就像展览会上那些立体派房屋一样，虽然明亮整齐通风，可是线条太严整，陈设太简朴，你不能设想自己在炉火旁烘着脚趾，手握一本闲书躺卧安乐椅中。（周成林译，译林出版社，2010 年 1 月版，135 页）

当然，旅行记中谈论哲学书，只能点到为止："当我偶然读到他对罪恶问题的论述，我发觉自己就像罗马教皇见到一位年轻女子匀称的小腿那样，真的觉得震惊。"

毛姆在《总结》第六十八章里专门介绍了《表象与现实》（*Appearance and Reality*）一书有关罪恶的论述："它留给你这样的印象：为罪恶赋予任何大重要性都是相当失礼的，尽管你必须承认它的存在，但为它而大惊小怪就不近情理了。无论如何罪恶都被过度夸大了，很明显其中也有大量好的成分。"（孙戈译，译林出版社，2012年7月版，242页）大概就是这段让毛姆在缅甸读了感觉好像"罗马教皇见到一位年轻女子匀称的小腿那样"震惊。

二

瑞·蒙克在《罗素传：孤独的精神1872—1921》一书中认为，在十九世纪末和二十世纪初，"布莱德雷已经得到广泛认可，被视为当时在世的最伟大的英国哲学家"（严忠志、欧阳亚利译，浙江大学出版社，2015年7月版，233页），罗素无疑受了他的影响："罗素接受的严谨的哲学一元论摒弃具有联系的实在。那一做法无疑受到 F. H. 布莱德雷的启发，具体说受到他影响巨大的著作《表象与实在》的启发。1897 年夏天，罗素重读了那本著作。"（同上，134 页）另一位受他很大影响的是诗人 T. S. 艾略特。

> 1913 年，艾略特购买了布拉德雷的《表象与实在》（*Appearance and Reality*），并大概在暑假读完了全书。他发现这本书单刀直入地讨论了横亘于日常经验和其中闪烁的终极真理间的鸿沟。布拉德雷承认常识并不足够，换言之，宗教视角因此是必要的。对艾略特来说，布拉德雷似乎焕发着"中世纪经院哲学家的亲切与启迪"。（〔英〕林德尔·戈登著《T. S. 艾略特传：不完美的一生》，许小凡译，上海文艺出版社，2019 年 1 月版，75 页）

> 1913 至 1916 年间，艾略特完成了博士论文《F. H. 布拉德雷的经验与知识的对象》，论文基于《表象与实在》，并超越了布拉德雷本人研究的边界。（同上，77 页）

然而，艾略特对布拉德雷的哲学又很绝望："他的哲学像递给你需要的一切，但又把这些变得统统不值得追求。"（同上，79 页）

钱锺书在《作者五人》中也提到了艾略特对布莱德雷的推崇："他的文章是经名诗人爱理恶德（T. S. Eliot）先生在 *For Launcelot Andrews* 论文集中品题过的，至少崇拜爱理恶德先生的文人们应该知道有一个会写文章的他。"钱先生对艾略特的论述并不满意，认为"写得不甚好"。《艾略特传》也说"艾略特迂回的行文风格让这篇论文几乎不可读解"（同上，77 页）。

在《作者五人》中，钱先生还提到布莱德雷的遗作《格言》（*Aphorisms*）刚出版，《钱锺书手稿集·外文笔记》（商务印书馆，2015 年版）第三十二册中有一页半此书的摘录，其中的一则（第七十则）出现在《管锥编》中：

> 一哲学家曰："人至年长，其生涯中每一纪程碑亦正为其志墓碑，而度馀生不过如亲送己身之葬尔"（After a certain age every milestone on our road is a gravestone, and the rest of life seems a continuance of our

own funeral procession），语尤新警。（中华书局，1986 年 6 月第二版，第四册，1439—1440 页）

《容安馆札记》中多处引及这本《格言》,《管锥编》中提及布莱德雷的有四处,《表象与实在》只在 1135 页的注释中引了一句话作为参考。

布莱德雷的书似乎只有一本中译本，即何兆武、张丽艳合译的《批判历史学的前提假设》（北京大学出版社，2007 年 5 月版）。这本《表象与实在》，洪谦主编的《西方现代资产阶级哲学论著选辑》（商务印书馆，1964 年 8 月版）中，由王太庆选译了其中第十三、十四章，还没有全译本。

三

但是毛姆有一篇同名的短篇小说，就是钱先生在《容安馆札记》中提到的收在《环境的产物》（*Creatures of Circumstances*，1947）一书中的那篇，中译本收入毛姆短篇小说全集第一卷《爱德华·巴纳德的堕落》（篇名译作《表象与现实》)。毛姆在小说中说：

> 我把这个故事命名为“表象和现实”。这本来是个书名，在我看来，后人会把那部作品看做是我们国家十九世纪最重要的哲学论述（暂且不论这个判断的正误）。此书并不好读，但颇能启发思想。作者不但文笔极佳，而且很是幽默，虽然一个没有入门的读者会很难确解其中一些精妙的论证，但他至少能体会在哲学深渊之上走心灵钢索的刺激，而且掩卷之时有种欣慰之感，因为你明白这世上没有一件要紧事。借用如此著名一部作品的书名，没有其他借口，只因为它和这个故事太过相称。（陈以侃译，广西师大出版社，2016年10月版，241页）

故事说的是有个法国已婚参议员，看上了巴黎一家时装店里的姑娘，为她租了一个小公寓，每天过去待两个小时。这样开开心心过了两年，有一天参议员出差提前回来，发现姑娘在和一个小伙子亲密地吃早餐，问是谁，姑娘承认是她的男朋友。参议员大怒，赶走小伙，又打了姑娘两巴掌。姑娘问参议员：“如果他是我的丈夫而你是我的情人的话，你会觉得这再正常不过了。”参议员说：“那是自然。因为那时被骗的是他，我的面子就安全了。”姑娘提出让她和小伙子结婚，然后继续当参议员的情人。参议员觉得这样更体面更合适，于是张罗了他们的婚礼……

维特根斯坦曾说：“一部严肃的好的哲学著作，可以写得完全由笑料（不流于油滑）组成。”（诺尔曼·马尔康姆：《回忆维特根斯坦》，李步楼、贺绍甲译，商务印书馆，1984 年 7 月版，24 页）或许也同样可以用小说的形式写出来。读了毛姆的同名小说，读不读布莱德雷的哲学原著也就无所谓了。况且连毛姆都说难读的书，不读也罢。

“那么我就是众猫之王了！”

一

《容安馆札记》第一百六十五则是关于美国作家艾格尼丝·瑞珀（Agnes Repplier，1855—1950）的《炉边的斯芬克斯》（*The Fireside Sphinx*）的札记：

> 盖说猫者，与其 *To Think of Tea, In Pursuit of Laughter* 两书体制相同，皆以数典为行文，而颇能化堆垛为烟云者……

瑞珀的这三本书，《钱锺书手稿集·外文笔记》中都做过札记。早在清华读书期间，钱先生已经读过这个作家的作品，一九三二年十一月七日的《清华周刊》发表了钱先生的书评《鬼话连篇》，其中就转引了“Agnes Repplier 女士的《摩擦点》”里的一则轶闻（《写在人生边上的边上》，三联书店，2001 年 1 月版，261 页）。

杨绛先生四十年代写过一篇散文《喝茶》，据范旭仑考证，这篇散文发表于《联合日报晚刊》一九四六年四月二十四日“文学周刊”，文章中提到“新近看到一本美国人做的茶考”，指的就是瑞珀的那本 *To Think of Tea*。杨文中引的一些轶闻和警句，也大都出自这本书，在钱先生的《外文笔记》中都能找到记载（范旭仑：《偷天换日的翻译》，刊《澎湃新闻·上海书评》2017 年 4 月 2 日）。

二

《炉边的斯芬克斯》第 34 到 35 页：

> 记一人告友夜来怪事，见群猫抬一棺葬之友家，一猫忽跃起作人言曰：“Then I am the King of the Cats!”即失所在。Scott 尝述其事，实本之 Scandinavia 童话。

"那么我就是众猫之王了！"司各特（Scott）在哪本书里述其事，我没查到，但澳大利亚人约瑟夫·雅各布斯（Joseph Jacobs，1854—1916）编著的《英国童话》中，就有一篇"猫之王"：

话说某个冬夜，教堂司事回家告诉他太太一件不可思议的事情：白天他在挖墓时，看见九只黑猫抬着一口小棺材朝他走来，走到他跟前时，领头的一只黑猫对他说，告诉汤姆·蒂尔德鲁姆，蒂姆·汤尔德鲁姆死了。"可是，我不知道汤姆·蒂尔德鲁姆是谁，我怎么告诉他蒂姆·汤尔德鲁姆死了？"教堂司事朝着他太太纠结道。

就在这时，他们家的黑猫汤姆大叫起来："什么！老蒂姆死了！那么，我就是猫之王了！"随后，汤姆噌地蹿上了烟囱，从此再也没有人看见过他。（周治淮、方慧敏译，人民文学出版社2006年12月版，326—328页）

钱先生接着说："按此语运用最妙者，见Lily Yeats载乃兄事。"说的是：诗人斯温伯恩（Algernon Charles Swinburne，1837—1909）去世的那天，诗人W. B.叶芝的妹妹Lily在大街上碰到叶芝，告诉他斯温伯恩去世了。叶芝说："我知道了。现在，我就是众猫之王了！"钱先生说这段对话出自叶芝的画家父亲 J. B. 叶芝的 *Letters to His Son and Others*，这本书已有中译本《叶芝家书》（叶安宁译，人民文学出版社，2018 年 2 月版），但我却没有找到这段话。可能中译本依据的版本和钱先生当年读的不是同一个。

钱先生再接着说，此“即《云溪友议》卷下载朱冲和嘲张祜诗所谓‘白在东都元已薨，鸾台凤阁少人登。冬瓜堰下逢张祜，牛屎堆边说我能’之旨”。

在《容安馆札记》最后一页（2570 页）还有一段补充，注明是补百六五则，那是一九八二年十月二十九日《泰晤士报文学增刊》（*TLS*）里的一段英文文字，中文意思是说，丹尼尔·休斯（Daniel Hughes）带来了大诗人罗伯特·弗罗斯特（Robert Frost）去世的消息，诗人约翰·贝里曼（John Berryman）反应极快：“太可怕了！谁是老大？谁是老大？卡尔（Cal，指诗人罗伯特·洛威尔〔Robert Lowell〕）是老大了，是不是？”他想说的是，如果洛威尔不是（当然希望他不是），那就应该轮到他了。

钱先生还引了宋人周煇的笔记《清波杂志》，东坡去世后，黄山谷痛惜之余，也说过“现在我就是众猫之王了”：“山谷在南康落星寺，一日凭栏，忽传坡逝，痛惜久之，已而顾寺僧，拈几上香合在手曰：‘此香匣子自此却属老父矣。’”这则文字出自《清波杂志》卷第七，据刘永翔先生校注本，最后一句话，“匣”作“匾”，“父”作“夫”（《清波杂志校注》，中华书局，1994年9月版，321页）。

三

不管哪个年代，一旦有文坛重镇、学界大佬去世，公众或私下都会寻找新的“众猫之王”。

写《老妇人故事》的英国作家阿诺德·本涅特（Arnold Bennett，1867—1931）在二十世纪初期英国文坛的地位很高，他在一九三一年去世后，据英国散文家卢卡斯（E. V. Lucas）在《回忆阿诺德·本涅特》一文中说：“他刚一去世马上有一家日报开始就谁能取代他的位置而展开读者来信讨论。大部分报纸的读者来信是可笑的，但这次尤其如此，因为没有人能取代一位艺术家的位置。首相们，企业、公司的总裁们，服务员的领班——这些都可以复制，但是一位艺术家，如果他是真正的，个别的，那是独一无二的。

阿诺德·本涅特是举世绝伦的，世人不需要另一个像他那样的艺术家，而是需要另一个像他那样名符其实的艺术家。”（《卢卡斯散文选》，倪庆饩译，百花文艺出版社，2002年4月版，237页）

几年后的一九三六年，中国文坛公认的领袖鲁迅去世，也曾有过一场谁为新的“众猫之王”的讨论，发起者是茅盾的内弟孔另境。孔另境的女儿孔海珠撰写的《左翼·上海》中有一节详细论述（上海文艺出版社，2003年2月版，238—253页）。从孔著介绍看，当时的争论涉及面不广，影响也不大，主要是孔另境以“东方曦”的笔名在一九三六年十一月二十日的《大晚报·火炬》发表了《文坛“明星”主义》，文中说：“文坛之有重心，本是一桩极自然的现象，如苏联之有高尔基，中国之有鲁迅茅盾等，但我们不可不留心的，这个重心的存在，一定要伴着一种领导作用的……”（同上，244页）这里很明确提出文坛的重心“苏联之有高尔基，中国之有鲁迅茅盾”，在不指名地批评郭沫若时却用了文坛“明星”的称呼，这自然引起郭沫若、阿英等的不满。郭沫若以“领袖问题”为题撰文说：“我们中国人少受理论的训练，一作起理论斗争来，当事者每容易动感情，旁观者也推波助澜，看见论争便以为在打架，不是说谁要打倒谁，便是说谁要同谁争领袖。”又说：“现在，时代的推动者是群众，一个作家或领导者，得不到群众的信仰和爱戴，那他的威势等于风前烛光。”（同上，250页）当时的这场讨论不了了之，过了几十年后，孔海珠才在《鲁迅研究月刊》上看到一则消息：“鲁迅死后，中国文化革命的旗手谁来接替？1938年夏，中共中央根据周恩来建议作出党内决定：以郭沫若为鲁迅之继承者和中国革命文化界的领袖，并由各级党组织向外传达，以奠定其文化界领袖地位。”（同上，253页）

四

二十世纪九十年代以后，我每次去北京，都会和李慎之先生见面并请益，几乎每次都会谈起他的同乡和同事钱锺书先生。李先生对钱先生的学问是非常佩服的，他还从《管锥编》中摘录出相关内容，整理成《钱锺书先生翻译举隅》，送过我一份复印件。一九九八年钱先生去世后，有一次和李先生聊天，他问我，钱先生之后，谁最有学问。我想了一下，说：金克木。李先生表示赞同。过了两年，金克木先生去世了，李先生又问我，金先生之后，谁最有学问。我想了半天回答不上。李先生说是舒芜。再后来，舒芜先生、李慎之先生都去世了，这样的问答也就继续不下去了。

补记

上文在《澎湃新闻 · 上海书评》发表后，王培军先生提醒我："中华书局本《太平广记》第五册 1908 页柳信言事，与山谷事颇类。"

查《太平广记》1908 页，为卷第二百四十六诙谐二"柳信言"条：

> 梁安城王萧佽博学，善属文。天保之朝，为一代文宗。……初，佽以文词擅名，所敌拟者，唯河东柳信言。然柳内虽不伏，而莫与抗。及闻佽卒，时为吏部

尚书，宾客候之，见其屈一脚跳，连称曰："独步来！独步来！"众宾皆舞忭，以为笑乐。（出《渚公旧事》）

更有趣的是，不久在《文汇报》"笔会"版读到彭伟先生的文章：《札边絮语话〈围城〉——钱锺书致冒效鲁信函释读》（2021年7月7日），其中引钱瑗抄录其父致冒效鲁的两首诗，诗题为《戏答效鲁问疾》，第二首曰：

惝怳苍茫似挽诗，鸣钟日落意何悲。压公已久吾宜去，想见频呼独步时。

这首诗《槐聚诗存》未收录。钱锺书病了，老朋友冒效鲁写诗问候，而诗写得很悲凉，像挽诗。钱先生开玩笑说，我压在你头上好久了，确实该走了；能够想象我走后你频频呼叫"独步"的场景。最后一句的出处显然就是《太平广记》中柳信言"屈一脚跳，连称曰'独步来！独步来！'"。

附：司各特述“众猫之王”

王强

司各特出版于1810年的关于“十六世纪苏格兰高地爱情巫术与战争之传奇”的六章叙事长诗《湖上夫人》（*The Lady of the Lake*）在十九世纪的苏格兰和英格兰曾是许多中学使用的文学读本；叙事诗里的“湖上夫人”指的是苏格兰家喻户晓的女英雄人物、随父流亡至苏格兰朝赛斯山区“卡特琳湖”（Loch Katrine）荒岛之上的年轻美丽的酋长女儿 Ellen Douglas；此诗之名虽典出《亚瑟王传奇》，但此一“湖上夫人”却非《亚瑟王传奇》中的那一“湖上女王 / 夫人”（Viviane, “The Lady of the Lake”，维维安亦人亦妖，从湖中升起赐亚瑟王以神剑，亦施美色诱惑墨林，获得魔法，使亚瑟王失去得力助手）。根据司各特此首长诗，罗西尼写有歌剧《湖上女郎》（*La Donna Del Lago*），舒伯特写有《湖上之女》一套七首歌曲，其中据司各特《湖上夫人》中的

“爱伦之歌”谱写而成的“圣母颂”脍炙人口。

司各特《湖上夫人》第四章“预言”第四节有两行诗句：

> 那办法人称“通灵术”，经由它，隔得再远，
> 我们先前的国王们也能预卜战事的休咎。
> （The Taphairm call'ed, by which, afar,
> Our sires forsaw the events of war.）

司各特自注其诗中“Taphairm”一词谓：野蛮时期苏格兰高地之人，欲卜战事休咎而求助于一种“通灵术”或“招魂术”，即“the Taphairm”。此一迷信占卜法通常是这样的：将一人裹在刚屠宰了的小公牛皮里，尔后，将其放至瀑布旁或峭壁下等环境险恶恐怖之地，激发该人头脑中的想象力，为欲卜之事寻得答案；其人在此情景刺激下头脑中呈现的任何图景即被视为是脱离了躯壳而在此处游荡着的魂灵所给予的灵感。

司各特从文献中转引了三个例子，其中第三个例子涉及“猫”——一群人将一人以一张大牛皮裹住，此人仅露

出头部，放置于荒郊野外，黎明时分再来接回；与此同时，同一拨人抓取一只活猫，将猫置于烤炙架上；一人转烤炙架，一人发问：“你在做什么？”其人答：“我在烤炙此猫。”直至所有人答完同一占卜之问；占卜之问须与在牛皮中裹住之人所提出之问相同；随后，一只大猫携数只小猫来到，欲拯救烤炙架上之猫，猫接着回答同一占卜问题，若答案证明其与给予皮中被裹之人的相同，即视为是对另一方之肯定。

在上引文献的“一只大猫”处，司各特加“脚注”云：“读者想必在《列提顿勋爵之书信集》中遇见过‘众猫之王’的故事。此故事是在苏格兰高地流传颇广的一首童谣。”（*The Lady of the Lake* 收入 *The Poetical Works of Sir Walter Scott*, Vol. I, Edinburgh: James Nichol, 1857；此版附著者未删节原注）

列提顿勋爵（Lord Lyttelton，1744—1779）趣味横生的《书信集》（*Letters of the Late Lord Lyttelton*）两卷（卷一：收书信 1—32；卷二：收书信 33—58），由英国作家威廉·库姆（William Combe）编辑，于 1780—1782 年出版，收入书信计五十八通，出版时编者将收信人真姓名隐去（一说此书信集实为库姆本人虚构）。而库姆与画家托马斯·罗兰森（Thomas Rowlandson）合作创作（先有画后有诗）的著名长篇道德说教讽刺诗三部曲——《学究辛态克斯的三次旅行》（*The Three Tours of Doctor Syntax*，1812—1821）则在文学史与插画出版史上留下了深远影响。

列提顿勋爵在书信第三十九通中反驳友人斥责其时代“怀疑主义”占了上风的观点，幽默挖苦地认为德尔图良的“正因荒谬，所以我信”这一观察乃真实不虚，并以一故事为例子加以佐证，认为讲述此故事之时其“相信的语调、表情和语言比起故事性质来更加匪夷所思”，而那位一而再再而三“严肃认真”重复讲述此故事之人竟然是一“世袭贵族”，是个十足的“笃信者”。这个故事即是“众猫之王”的故事——

> 一行旅之人，夜幕降临后于荒山野岭（若我的记忆无误，该是在苏格兰高地）中终于瞧见不远处一幢房舍迎客的灯光。他策马疾驰向前，待近到跟前，发现原来那并非是房舍而是一间灯火通明的小教堂，教堂里传出他平生听到过的最令人心悸的声音。虽然惊吓不已，他还是壮起胆子从教堂建筑的一扇窗子向里

望去，不看则已，一看他大吃一惊，一大群猫，队列庄严肃穆，正在哀悼一个它们同类的尸体，尸体躺在那儿葬前供众猫瞻仰，它周围摆满了君王的各种族徽。见到非比寻常的此情此景直吓得他心惊肉跳，他比来时更为迅速地拨马而去。时间过了一会儿，他来到一个绅士之家，这绅士从不将游荡者拒于门外。他所看到的一切依旧显示在脸上，友善的主人见状询问他何以如此不安。于是，他把刚才的故事讲给他听，故事刚一讲完，讲时卧在壁炉前的一只硕大家猫蹭地站了起来，一板一眼地大声说道："那么我现在是众猫之王啦！（Then I am King of the Cats!）"宣告完它新的尊贵身份，这只动物蹿进烟囱，再也不见了踪影。

无意中的三言两语

钱锺书在《管锥编》中说："文评诗品，本无定体。……或以赋，或以诗，或以词，皆有月旦藻鉴之用，小说亦未尝不可。"（中华书局版，第二册，656 页）

在《读拉奥孔》一文中，钱先生又说，历代文艺界名人论文艺的话，"常常无实质。倒是诗、词、随笔里，小说、戏曲里，乃至谣谚和训诂里，往往无意中三言两语，说出了精辟的见解，益人神智"（《七缀集》，上海古籍出版社，1994 年 8 月第二版，33 页）。

文章之妙在各人领略

《品花宝鉴》四十八回，金粟与梅子玉、史南湘在怡园谈诗词文章，金粟说："文章之妙在各人领略，究竟也无甚凭据。我看庾子山为文，用字不检，一篇之内前后叠出。

今人虽无其妙处，也无此毛病。”

金粟只有随口评说，没有具体指庾信的哪篇文章。废名写过一篇随笔《三竿两竿》，谈的正是庾信的文章，说有一天知堂为沈启无写砚铭，写的是庾信《行雨山铭》里的四句：“树入床头，花来镜里，草绿衫同，花红面似。”知堂一边写一边说：“可见他们写文章是乱写的，四句里头两个花字。”听起来正是金粟指摘的“一篇之内前后叠出”，但废名却接着说：“真的，真的六朝文是乱写的，所谓生香真色人难学也。”一褒一贬，究竟是妙是病，果然“文章之妙在各人领略”。

钱锺书《管锥编》第四册论庾信文章：“庾信诸体文中，以赋为最。……然章法时病叠乱复沓，运典取材，虽左右逢源，亦每苦支绌，不得已而出于蛮做杜撰。”（中华书局版，1516—1517页）引述的评论中就有《品花宝鉴》中金粟的这段话。钱锺书特别指出：“《宝鉴》尤谈艺所不屑过问；聊表微举仄，于评泊或有小补尔。”看来默存先生也是同意金粟的观点的。

《管锥编》中三处引用《品花宝鉴》，另一处在第三册，引用的是《品花宝鉴》第三十八回屈道生评论宋玉《好色赋》:"'增之一分则太长',则此人真长,减一分必不为短;'减之一分则太短',则此人真短,增一分必不为长。亦语病也。"钱先生接着评论道:"吹索毛瘢,均非笃论,而辨析毫芒,足发深省。"(同上,872页)还有一处在第二册,只提了一笔。《钱锺书手稿集·中文笔记》第三册中有两页《品花宝鉴》的毛笔摘抄,该册笔记本前有杨先生的字迹:"当是沦毁区上海时记",那就是说钱先生是在四十年代上半叶读的《品花宝鉴》。《管锥编》中引用的三处,《手稿集》中仅有一处摘录,就是评《登徒子好色赋》的这几句,另两处莫非一直记在钱先生的脑中?

元曲"断不可读"

《品花宝鉴》第四十一回,华公子和华夫人谈曲,华公子说:"至于那元人百种曲,只可唱戏,断不可读。若论文采词华,这些曲本只配一火而焚之。"

钱锺书《容安馆札记》第三十则引了《品花宝鉴》中华公子的这几句话,接着说:"余重观臧晋叔《元曲选》,而后识此语之为的论也。入选者九十六种，曲文填凑，宾白钝拙，情事稚俚。尤可笑者，落套印板，互咬矢橛。然一时风俗习尚、街谈市话，赖此考见，故学者不废。若谓与唐诗、宋词同二，则耳食矣。唯《西厢》一记，真出类拔萃。"《札记》第十六则专题讨论王季思的《集评校注西厢记》，这一则和三十四则、七百二十八则、七百九十五则都是读《元曲选》的札记。

马致远《汉宫秋》第一折驾云："俺官职颇高如村社长，这宅院刚大似县官衙。谢天地可怜穷女婿，再谁敢欺负俺丈人家！"钱锺书评曰："汉元帝作此言，颇有致。"难得钱先生说得这么含蓄，这句话出自皇帝之口，简直让人笑掉牙。

高文秀《黑旋风》第二折中李逵唱道："柳絮堪扯，似飞花引惹，纷纷谢。"《札记》三十四则引周自庵《思益堂日札》卷七云："院本多贪好句，不甚切本人口吻。康进之《李逵负荆》第一折'可正是清明时候，却言风雨替花愁'，出自李逵口中，可笑。"

《札记》七九五（中）说："科以西方文评'decorum'之旨，元曲中'不切本人口吻'、有失角色身份处，比比皆是，甚至写景，细节亦每欠检点，令人笑来。”钱先生举的例子是郑德辉《㑳梅香》中樊素一段唱词，略云：“趁此好天良夜，看了这桃红柳绿，酝酿出嫩绿娇红，淡白深青。”夜间如何看得这般五颜六色，钱先生评曰：“非鬼话梦呓而何！”

元曲中的大家闺秀

“Decorum”是古罗马文论家贺拉斯提出的“合式原则”，要求在戏剧创作中，人物的性格、语言、行为要与身份、年龄相符。钱锺书先生以此为标准，衡量元曲的对白、唱词，不切本人口吻、有失人物身份者比比皆是，如李逵唱“风雨替花愁”，杨雄唱“看了这秋天景致，怎不教宋玉悲秋”。而且剧中有些人物性格也往往与其身份不合。

《容安馆札记》七百二十八则，引小说《女仙外史》第三十一回刹魔公主看了《牡丹亭·寻梦》后的一段评论：“有个梦里弄玄虚，就害成相思的，这样不长进女人，要他何用！”钱先生赞曰：“快人快语也！元人院本中，大家闺秀皆举止轻浮、性情淫荡，即如王实甫《西厢记》第一本第一折写莺莺，已有‘尽人调戏亸着香肩’、‘且回顾觑末下’、‘眼角儿留情’等语”；又说“元曲中小姐情急，无过于（《墙头马上》中的）李千金者”，用《红楼梦》中史太君的话说：“但见了一个清俊男人，不管是亲是友，想起他的终身大事来，父母也忘了，书也忘了，鬼不成鬼，贼不成贼，那一点儿像个佳人？”

钱先生进一步分析原因，认为这些元曲作家出身社会底层，未尝与大家闺秀有过交往，平时接触了解的不是戏子就是娼妓，所以笔下的闺门小姐，行为举止、心态语言都不像：“窃谓关（汉卿）、王（实甫）、郑（德辉）、白（仁甫）辈，初未遇见名门才媛，舍秀才家黄脸妇而外，目挑神往者，不过行首角妓之类，故院本刻划平王之子、卫侯之妻，比之盲子摸象、野人谈朝市事，只是娼家变相，而以作者一己之狎邪之心，纳置佳人腔子内，故其卖笑无异女闾，急色宛同阚客，一见男子，辄如《西游记》中女妖睹唐僧之即欲‘耍风月儿去来’、‘倚玉偎香耍子去来’。”

“吾常言元明以来院本，情节人物实鲜足取，偶遭名隽可供摘句，庸陋无识之徒乃动引莎士比亚相拟。应声之虫，吠声之狗，堪笑而亦堪哀也。”这几句如果当年公开发表，不知要得罪多少人！

居官之苦

《儿女英雄传》第四十回，安老爷听说安公子“赏了头等辖，加了个副都统衔，放了乌里雅苏台的参赞大臣”，“只‘啊呀’一声，登时满脸煞白，两手冰冷，浑身一个整颤儿，手里的那封信早颤的忒楞楞掉在地上，紧接着就双手把腿一拍，说道：‘完了！’”安公子本人听得这一消息，“但觉顶门上轰的一声，那个心不住的往上乱迸，要不是气嗓挡住，险些儿不曾迸出口来。登时脸上的气色大变，那神情儿不止像在悦来店见了十三妹的样子，竟有些像在能仁寺撞着那个和尚的样子！”

乌里雅苏台是清廷对漠北蒙古诸部的统称，小说中说，“我朝设立西北、西南两路镇守边疆的这几个要缺，每年到了换班的时候，凡如御前乾清门的那班东三省朋友，那个不羡慕这缺是个发财的利途？”何以安老爷“不乐得眉开眼笑，倒楞到苦眼愁眉起来”？小说解释说，安老爷“那分家计只安分守己的也便不愁温饱，正用不着叫儿子到那等地方去死里求生”。后来安太太也哭着说：“嗳哟，天爷！怎么把我的孩子弄到这个地方去了呢！”可见在安老爷一家眼中，乌里雅苏台乃是“边庭苦戍”。究竟怎么个苦法，小说中没说。

钱锺书《容安馆札记》第二百二十三则，引奭良《野棠轩摭言》卷七，正说西北、西南两路镇守边疆的情形：“尝谓居官之乐，莫乐于两淮运使；居官之苦，莫苦于乌里雅苏台将军。其地浮沙，不能筑高墙大屋，将军署仅及肩，捐闷散步院中，市人呼曰：‘将军出来！’群聚观之，将军乃入户。不可以病，购药在杂货铺，付药一撮，问其何方何药不知也，煎药即在煮羊肉大锅中。可以为苦矣，而不知广西思恩府之苦也。其地谚云：‘虎上房、蛇上床、皂隶上墙。’（居民极少，皂隶无应募者，但于大堂两翼墙画衙役，以壮观瞻。）”

如此这般，安老爷父子怎能不吓出一身冷汗。正好有个近廷内臣惹怒了皇上，被放了乌里雅苏台的参赞，安公子改放山东学政兼观风整俗使，皆大欢喜。

少见而多所怪

咏怀堂诗

钱锺书《容安馆札记》第六百九十七则论阮大铖《咏怀堂诗》，说："三十年前，是书方印行，见散原、太炎诸人题词，极口叹赏，胡丈步曾复撰跋标章之。取而讽咏，殊不解佳处安在。"

钱先生说的《咏怀堂诗》，乃一九二八年中央大学国学图书馆据明崇祯刊本印十卷四册，次年刊印补遗一卷一册。陈三立评曰："芳絜深微，妙诸纷披。具体储韦，追踪陶谢。不以人废言，吾当标为五百年作者。"章太炎的评语是："大铖五言古诗，以王孟意趣，而兼谢客之精炼。律诗微不逮，七言又次之。然榷论明代诗人，如大铖者少矣。潘岳宋之问险诐不后于大铖，其诗至今存。君子不以人废言也。"胡先骕的长跋称其为“有明一代唯一之诗人”。

一九六〇年端午，胡先骕以诗稿六巨册请钱先生删定，钱先生又检出阮大铖的诗集读了一遍：“乃知得法于钟、谭，而学殖较富，遂以奥古缘饰其纤仄，欲不瘦又不俗。凡学竟陵而耻寒窘者，大率如此，与倪鸿宝、傅青主、王觉斯同源异流者也。”对于几位前辈的称赞，钱先生不客气地说：“陈、章二老诗学不精，胡丈识既未高，强作解事，又于晚明诗体了无所知，遂少见而多所怪耳。”

又让我想起欣赏阮诗的另一位钱先生——钱仲联先生。一九九三年五月我去苏州拜访钱仲联先生时，正好江苏古籍出版社新出他编选的《明清诗精选》，钱先生送了我一本。入选明清诗人刘基到苏曼殊七十三位共九十七首诗，陈子龙、吴伟业仅一首，袁枚、龚自珍各两首，而阮大铖，竟选了五首。可见仲联先生对阮诗的偏爱。

锺书先生说“圆海以陶、谢、王、韦面目，掩其钟、谭手法，诸君遂为所卖”，仲联先生毕竟是内行，也看出阮诗与钟、谭的渊源，如《宿焦山双峰庵月下闻潮》一首，仲联先生品评说：“静中之动，写得酣足。这首五律，比较近于钟、谭。”《看杏花宿瑕仲山馆微雨》一首品评道：“全诗结构严整，意境清深，钟、谭诸家，自当望而却步。”

真假叶水心

《容安馆札记》六百二十六则引《湛渊静语》卷二的一则故事，特别有趣。

说的是南宋韩侂胄当宰相时，有一天请叶适（水心）先生到家里来闲聊。正聊着，门外有人拿着名片求见，名片上居然写着“水心叶适候见”。在座的都搞不懂怎么回事，韩侂胄说，待我去会会那一位水心先生。于是很客气地接待了来客，交谈中提到叶适文章里的话，来客说：“这些都是少作，后来都改过了。”于是把改过的文句读了出来，果然精彩得多。韩侂胄很是高兴，请他吃饭，又拿出一个杨贵妃的手卷请他作跋。来客拿起笔就题道：“开元、天宝间，有如此姝，当时丹青不及麒麟、凌烟，而及诸此。吁！世道判矣。”韩又拿出米芾的卷子请他作跋，他当即写道：“米南宫笔迹尽归天上，犹有此纸散落人间。吁！欲野无遗贤，难矣！”韩侂胄大为高兴，悄悄对他说：“叶水心先生就在我家。”来客笑着说：“文人才士像叶水心这样的，天下不可车载斗量也。今天我如果不打着叶水心的名号，恐怕您老未必会接待吧？”来客真名叫陈谠，建宁人。

这个故事，周勋初主编的《宋人轶事汇编》（上海古籍出版社，2014年9月）卷三十五中收入“陈谠”条目中，此条中另有一则出自《四朝闻见录》，说陈谠曾送灵璧石为韩侂胄祝寿，石上刻金字，称之为“我王”。后来韩下台，陈也跟着倒霉。陈谠“翰墨本于颜、蔡，世以不得其字为憾。独附韩一节为可恨”。

这是假做真的故事，同则《札记》又记了真当假的事：黄楠编的《黄九烟先生别集》中有一首《假黄九烟歌》，“序”说：“黄九烟安得假哉？乃旅羼所至，往往有抢竖辈，见其贫贱坦易，而形容复不老，窃相与揶揄云：‘此必假黄九烟也。’因作此《歌》以自问。”歌中唱到：“咄咄白门黄九烟，尔为真耶抑为假？似兹真假两莫据，一个九烟在何处”云云。

八行书

钱锺书《管锥编》第四册“全梁文卷一九”，引昭明太子《姑洗二月启》中“聊寄八行之书，代申千里之契”二句，说：“旧称客套仪文之函札为‘八行书’始见于此。……后世信笺每纸印成八行，作书时以不留空行为敬，语意已尽，则摭扯浮词，俾能满幅。”以前解释八行书时往往引《后汉书·窦章传》李贤注提到的马融《与窦伯向书》“书虽两纸，纸八行，行七字”，但钱先生认为“纸”虽八行，但“信”有两纸十六行，并不是八行书的最早出典。

虽然如郑逸梅在《尺牍丛话》中说的：“旧例作书，必以八行为度，增损字句，殊不自由也”，但也因此考验写信者“摭扯浮词”的能力，钱锺书本人就是写八行应酬信的高手。杨绛在《记钱锺书与〈围城〉》一文中说：“我常见锺书写客套信从不起草，提笔就写，八行笺上，几次抬头，写来恰好八行，一行不多，一行不少。锺书说，那都是他父亲训练出来的，他额头上挨了不少‘爆栗子’呢。”

程思远在《我的回忆》中说：“一九二九年秋到一九三〇年，在这一年中，我变换了三次工作，每变换一次，都晋升一级，最后调到李宗仁那里工作，推其缘故，仅长于八行书而已（在旧中国，给人写应酬信，号称八行）。”

魏晋南北朝以还，诗文中多以“八行书”代指书信，孟浩然诗“却喜家书寄八行”、温庭筠词“八行书，千里梦，雁南飞”，并无应酬之义。复旦大学姜映的博士论文《中国传统书写用纸的文献学研究——以笺纸、套格纸为中心》有一章专门研究“八行书”与“八行笺”，据其分析，要到清末开始，“八行书”才产生一种新的涵义，即官场应酬信函。论文举了晚清四大谴责小说中提到的“八行”、“八行书”，可以看出已成为官场信函的代称，且已带有贬义。文中引了民国年间印行的《日用酬世大观》，讲到八行，却称：“旧时信笺，通用八行，恭敬者须书满两纸，多则四纸，既不能余空行，又不能一字为一行，必须凑满两字……”则与钱锺书、郑逸梅所言又不同。

不必“三思”

袁枚在《随园诗话》卷三中说：“诗不可不改，不可多改。不改，则心浮；多改，则机窒。”并举了一个例子，某人三改其诗，愈改愈谬，最后改得不成文理，袁枚感叹道：“岂非朱子所谓‘三则私意起而反惑’哉？”

《论语·公冶长篇》说：“季文子三思而后行。子闻之，曰：‘再，斯可矣。’”平时我们说“三思而后行”这句话，似乎是肯定这样的做法，其实孔夫子当年并不赞同“三思”，而是说：“想两次也就可以了。”为什么这么说呢？《论语》不做解释。朱子在《四书章句集注》中引程子的话说：“为恶之人，未尝知有思，有思则为善矣。然至于再则已审，三则私意起而反惑矣，故夫子讥之。”袁枚引的那句话并不是朱子说的，而是朱子引用了程子的话。朱子只是在后面分析了季文子的行为，接着说：“是以君子务穷理，而贵果断，不徒多思之为尚。”程子解释《论语》这句话背后的意思，想得太多，过于谨慎，其实就是考虑自己的利益，反而有问题。

最欣赏《论语》这句话和程子解释的是废名。废名写过一篇短文《读朱注》，说他常读朱子的《四书集注》，给他带来甚大的喜悦：“……‘再，斯可矣’，你看这个神气多可爱，然而不是程子给我们一讲，我们恐怕不懂得了……”

程子的这段话，几乎成为废名做事的标准。他说："我阅历了许多大人物，我觉得他们都不及我，因为他们都是'私意起而反惑矣'，我则像勇士，又像小孩，作起事来快得很，毫不犹豫，因之常能心安理得了，都是程子教给我的，也是我读《论语》的心得了。"而且废名常常以此来反省自己的行为：抗战时期他在家乡避难，有个穷亲戚的小孩到他家来，他想筹点钱送给这个小孩，但转念一想，这可能会让那个小孩养成倚赖性。废名马上又用程子的话检讨了自己的这个念头："我第一个想头是对的，应该筹点钱给穷孩子，第二个想头，其实就是'三思'，是自己舍不得了。"

出恭看书

一

《纸还有未来吗？——一部印刷文化史》(*Interacting with Print: Elements of Reading in the Era of Print Saturation*)是一部论文集，欧美相关领域的学者专家，就印刷文化史中诸多关键概念，如手稿、纸张、广告、装帧、索引、选集等展开讨论，其中“易逝”(Ephemerality)一篇在结论部分引了查斯特菲尔德勋爵(Lord Chesterfield)对他儿子的建议：

> 一个绅士应该是一个善于安排时间的人，不会浪费生命。即使能召唤他去饭堂进食，他也可以在此间隙读一读拉丁诗人的作品。比如，他买了一本《贺拉

斯诗选》，撕下几页，随身带着读。他先读了一遍，然后把它们作为祭品送给克罗阿西娜。（傅力译，北京联合出版公司，2021 年 3 月版，160 页）

最后这个词“克罗阿西娜”，译者加了一个脚注：“Cloacina，古罗马神话中管理下水道和公共卫生的神职。此处意为，撕下的几页读完后便丢弃掉。”

钱锺书《容安馆札记》第四百五十则是读《切斯菲尔德勋爵书信集》（*The Letters of Lord Chesterfield*）的札记，正好抄录了上面这封信的原文，相应部分如下：

I knew a gentleman who was so good a manager of his time that he would not even lose that small portion of it which the calls of nature obliged him to pass in the necessary-house; but gradually went through all the Latin poets in those moments. He bought, for example, a common edition of Horace, of which he tore off gradually a couple of pages, carried them with him to that necessary place, read them first, & then sent them down as a sacrifice to Cloacina.

对照译文，便发现译者把“the calls of nature obliged

him to pass in the necessary-house”，理解为“召唤他去饭堂进食”，所以后面的妙处也无法译出。钱先生在抄录这段话后加了一句简短的总结：“that is, use them both as reading material & as bum-fodder.”大致意思就是：撕下的几页《贺拉斯诗选》，既当了阅读材料，又当了手纸。因此，上文显然不是去饭堂进食，而是去厕所出恭时带了几页贺拉斯诗选来读，读完就拿它们擦屁股，也就成了“献给下水道女神的祭品”。

二

由切斯特菲尔德勋爵信中提到的出恭看书，钱先生旁征博引柯勒律治、詹姆斯·乔伊斯、包斯威尔等作品中的例子，又说到中文典籍，《归田录》中的那段“钱思公云：‘平生惟好读书，坐则读经史，卧则读小说，上厕则阅小词。’谢希深亦言：‘宋公垂每走厕，必挟书以往，讽诵之声朗然，闻于远近’”，大家很熟悉，但接着引《北东园笔录初编》，作者梁恭辰为清代学者梁章钜之子，卷一中说：

家大人公车诣京时，及见余秋室学士，尝因问私请曰：“先生书法精妙，何以不得鼎元？”学士笑曰：“丙戌科榜下归班时，有广东吴某者来访，曰：‘君其出恭看书耶？’予怪之，吴曰：‘我亦犯此罪过，去岁大病，梦入阴司，阎王命判官取生死簿，上签“出恭看书”，余减寿二纪，君削状元为进士。’”

这里涉及乾隆年间著名文士余集未得状元的一段猜想。余集，字蓉裳，号秋室，浙江仁和（杭州）人，生于乾隆三年（1738），卒于道光三年（1823）。乾隆三十一年（1766）进士，官至侍讲学士。钱锺书《容安馆札记》第七十八则论余集的作品说：

秋室多才艺，所撰《燕兰小谱》，笔舌轻隽，余剧赏之。今见其正经文字，虽颇雅饬，却拘窘无足观者。

又引《秋室学古录》卷六《秋室居士自题墓志铭》，谓余集生之日，其父“梦初日照庭，光耀一室”，“有嘉徵，必有殊荣，而余之名位不振，岂有遗行而帝夺之耶”云云。

（上述《北东园笔录初编》中广东吴某人的梦话，这里已经抄录过一遍了。）

大概当年余集颇有文名，未得状元，大家都很惋惜，纷纷猜测原因。蒋宝龄《墨林今话》卷七“余秋室三绝”说：

先生画山水、禽鱼、兰竹，靡不臻妙。尤擅士女，风神静朗，无画史气。然深自矜重，不轻为人作，得之者比诸仇、唐遗迹。晚年多作竹石，以塞人请。……曩闻之玉壶外史云：“先生捷南宫后，殿试当大魁，以善画美人，故抑之。”此事虽无确证，然传播艺苑，著为美谈久矣。（上海古籍出版社，2015年7月版，122页）

余集因为善画美人丢了状元，陈寅恪听信蒋宝龄的解释，在《柳如是别传》中谈到顾云美所绘《河东君访半野堂小影图》时说：“继续摹写者，颇亦不少。惜寅恪未得全见。惟神州国光社影印余秋室白描柳如是小像最为世所称道。蓉裳善画美人，有‘余美人’之目（见秦祖永续桐阴论画等），竟坐是不得为状头（见蒋宝龄墨林今话七）。”

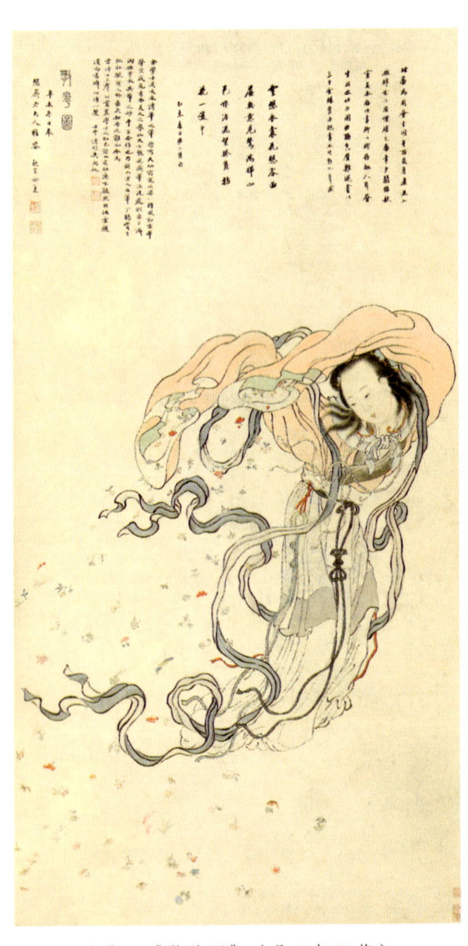

余集：《散花图》（朵云轩旧藏）

（上海古籍出版社，1980 年 8 月版，中册，446 页）

而钱锺书所引梁恭辰书，提供了另一种解释：因为余集有出恭看书的习惯，遭到老天爷的惩罚，原本可以得状元，现在只是进士。

孤证不立，《容安馆札记》第四百五十则又引钱泳《履园丛话》卷十七云：

> 戴尧垣《春水居笔记》载杭州余秋室学士厕上看书折去状元一事甚详。乾隆壬子七月，余初次入京，见学士即问此事，学士曰有之。（见中华书局 1979 年 12 月版，466 页）

《丛话》中接着一句“可见尧垣之言非妄”，《札记》跳过未录。这样看来，有三个不同的来源证明此事。而所证明的，也不过是广东吴某人的梦话。究竟如何，冥冥之中只有天知道，乾隆皇帝可能知道，而余集本人显然愿意相信这个说法。

上引陈寅恪《柳如是别传》那段话后还有一句：“此小像不知是何年所作。以意揣之，当在秋室乾隆丙戌殿试以后。然则'余美人'之未能中状元，此小像不任其咎也。"可惜陈寅恪没有注意到这个传闻，否则可以更加放心，余集未得状元，与画柳如是像并无关系。

三

掌故家徐一士写过一篇"关于读书人"，原载《文史》杂志一九四五年第三期，收入《一士类稿续集》（中华书局，2019年3月版）。文章第二节标题为"厕上看书"，开头就引钱泳《履园丛话》这一段，并说"戴氏笔记，余未见，惟见梁敬叔（恭辰）《劝戒近录》详言其事"。

梁恭辰在《劝戒近录》中讲的比《容安馆札记》所引《北东园笔录初编》更详细，徐一士全部转引。吴某人说到自已被减寿二纪时，偷看到生死簿上他的名字之前，就是余集的名字，其名下有注，云："浙江钱塘人，壬午举人，丙戌状元。"以下禄位注甚长。但"状元"字用笔勾去，改"进士"二字（同上，412—413页）。

《履园丛话》在说余集事之后，又说了一个故事："云间蔡礼斋，为侍郎鸿业之孙，左都御史冯公光熊外孙，通才也。最喜在溺桶上看书，乡试十馀科不第。以援例作江西县丞，候补南昌，穷苦殊甚。有长子甚聪慧，未婚而死，礼斋亦旋殁。余尝劝之，不听。其一生困顿者，又安知不如余学士之折福耶？”这个故事，徐一士文章引了，《容安馆札记》也节引了。如果只是因为出恭看书，徐一士感叹说：“若蔡氏以通才而久困场屋，微员穷苦，子死身亡，其罚盖尤酷矣。”

周作人也写过一篇“入厕读书”，原载《宇宙风》一九三五年第五期，后收入《苦竹杂记》。开头引清代学者郝懿行《晒书堂笔录》卷四“入厕读书”条：

> 旧传有妇人笃奉佛经，虽入厕时亦讽诵不辍，后得善果而竟卒于厕，传以为戒。虽出释氏教人之言，未必可信，然亦足见污秽之区，非讽诵所宜也……

这段文字《容安馆札记》也抄录了。郝懿行是周作人喜欢的学者，他引了这段文字后说：“郝君的文章写得很有意思，但是我稍有异议，因为我是颇赞成厕上看书的。”

（河北教育出版社，2002 年 1 月版，98 页）当然前提必须是厕所像谷崎润一郎在《阴翳礼赞》中所描述的那样，知堂老人说："假如有干净的厕所，上厕时看点书却还是可以的，想作文则可不必。书也无须分好经史子集，随便看看都成，我有一个常例，便是不拿善本或难懂的书去，虽然看文法书也是寻常。据我的经验，看随笔一类最好，顶不行的是小说。至于朗诵，我们现在不读八大家文，自然可以无须了。"（同上，101 页）

钱锺书在《容安馆札记》中还引了不少有关出恭看书的中外典籍，可是他没有像周作人那样亮出自己的态度。杨绛的《我们仨》后附了几张他们的女儿钱瑗画的钱锺书速写像，其中有一张"My father doing a major"，画的正是钱锺书在"necessary place"的场景，手臂搁在暖气片上，紧握双拳，手上并没有拿书本（三联书店，2003 年 7 月版附页）。

海沃德·林子清·钱锺书

一

英国珍本书界的泰斗尼古拉斯·巴克（Nicolas Barker）在接受恺蒂的采访时，提到英国藏书界的一位前辈奇人——约翰·海沃德（John Hayward），他是英国《藏书家》（*The Book Collector*）杂志的创办者和首任主编。巴克说：海沃德是一位残障人士，患有多发性硬化症，非常痛苦的一种病症。他是一位非常严谨、精细的学者和评论家，相当犀利、敏锐，大家对他的评论都非常敬畏。他坐着轮椅，行动不便，“我非常崇敬他，也很喜欢他。”（恺蒂：《这个小时属于你——英伦访谈》，商务印书馆，2020 年 8 月版，185 页）。

巴克还介绍说，约翰·海沃德曾与 T. S. 艾略特在泰晤士河边的卡莱尔公寓里同住多年，有人说海沃德对艾略特的《四个四重奏》的创作贡献很大。

在林德尔·戈登的《T. S. 艾略特传：不完美的一生》（许小凡译，上海文艺出版社，2019 年 1 月版）中，有相当多的篇幅谈到海沃德，他在艾略特生涯的后期扮演了顾问和室友的重要角色。书里是这样介绍的：他是温布尔登一个外科医生的儿子，生于一九〇五年，一九二二年从霍尔特的格雷沙姆寄宿学校获剑桥国王学院奖学金。一九二三年入学时，他已经因为进行性肌营养不良症导致的瘫痪而残疾。他的同学们都认为他活不长了，但他到底战胜了命运——用他机敏的谈吐、明亮的眼神、音乐社团里浑厚的低音，以及一样不可或缺的、惟妙惟肖模仿人物与喷气火车的才能（259—260 页）。一九二七年毕业后，他定居伦敦，开始他作为职业作家、编辑、选集编注家、批评家和书志学家的生涯。艾略特三十年代初结识海沃德，因为同样爱好福尔摩斯而成为朋友，一度过从甚密。二战后的一九四六年初，他们搬到一个公寓合住，直到一九五七年一月艾略特秘密结婚不辞而别。

海沃德的热衷交际，和艾略特的离群索居，形成强烈

约翰·海沃德（1905—1965）

对比，海沃德以他们的公寓为中心，网罗着大西洋两岸的文人墨客，他的访客络绎不绝，“海沃德就坐在客厅，从他的轮椅里半扭着身子面朝他的客人，凌驾在对方的世界之上，用气势压过外面隐约的鸮鸣。从他的世界向外接连涌出各种断语和讽刺，如果你不是那个不幸中招的人，就会从中感到无限乐趣。他的手常不停地摸索一支小烟卷，也总有办法把它点着。‘他的双眼一睁大，你就知道他又有一个恶毒又好笑的想法要不吐不快了’”（同上，466 页）。英国作家彼得·阿克罗伊德写的《艾略特传》里说海沃德是个“刻薄、饶舌、爱讲色情故事的家伙。他是那种由于残疾而被迫使其性能量向内心发展的男子，其内向的性能量采取心智激情的方式，在过分苛求的学术研究及温和的好色中释放出来”（刘长缨、张筱强译，国际文化出版公司，1989 年 12 月版，265 页）。

“007”的作者伊恩·弗莱明也爱好藏书，他在一九五〇年搬到海沃德和艾略特合住的那个卡莱尔公寓的顶层，共同的爱好让他们在一九五二年创办了《藏书家》杂志，弗莱明是主要股权人，海沃德是主编。

弗莱明一九六四年去世，海沃德次年去世。海沃德去世后，一九六五年冬季号的《藏书家》刊发了一组回忆纪念文章，英美近二十位作者撰文回忆，包括作家格雷厄姆·格林，藏书家约翰·卡特（John Carter）、佩西·穆尔（P. H. Muir）等，尼古拉斯·巴克也写了纪念文章。

格林在文中写道，他在写这篇文章时海沃德的形象仿佛在眼前，如果问他对某个泛泛之交的作家的看法，“他就把头往后一仰，深吸一口气，手抓银质烟盒，像章鱼的触须那样挥舞着左臂，一阵停顿，然后说出一个骇人听闻的轶事——好笑，富有启迪”。海沃德好客而尖刻，一个访客走后，又一个访客进来，前者都会不由自主地担心：“他会怎么说我？”藏书家芒比（A. N. L. Munby）回忆说。

海沃德写过一本《查理二世传》（*Charles II*），编过《牛津十九世纪诗选》（*Oxford Book of Nineteenth-Century Verse*）、《企鹅英国诗选》（*Penguin Book of English Verse*），“企鹅丛书”中的多恩和赫里克诗选，以及斯威夫特和艾略特文集。还写过一本仅五十几页的小册子，*Prose Literature since 1939*，这是介绍二战中英国文化的一套丛书中的一种。

二

我是在孔夫子旧书网上淘到这本 *Prose Literature since 1939* 原版小册子的，红色封面白色的字，一九四七年初版，品相甚好。翻开书，书名页作者名字下方有两行钢笔小字："林子清读 1949，5，31."原来是林子清先生的旧藏，他有在此处留名的习惯，多年前我在山东路外文旧书店淘到过一本梁遇春译注的《英国诗歌选》，精装本，北新书局一九三一年再版，书名页的同样位置有两行钢笔小字："林子清读 1950，6，1 购于中州路旧书摊"。

林子清先生是上海师范大学英语系老师，我在上世纪九十年代初和他有过交往。他是四十年代钱锺书先生在暨南大学的学生，我约他写了一篇《钱锺书先生在暨大》，刊发在一九九〇年十一月二十四日的《文汇读书周报》上。文章刊出前，我先在一张大纸上打了一份小样，寄给钱先生请他审定。钱先生删去了五分之一多，并在附信中说："子清同志是忠厚老实人，对于暨南同事中的'人际关系'实况，不甚看透，故把詹、李、方的话也删掉了。"林先生原文中有这么一段：

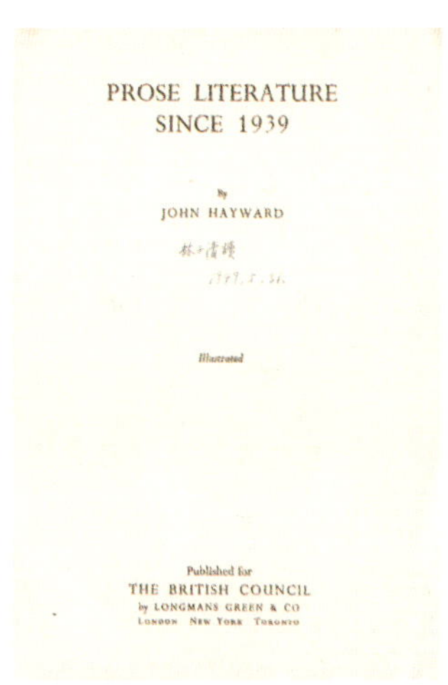

PROSE LITERATURE
SINCE 1939

By
JOHN HAYWARD

Illustrated

Published for
THE BRITISH COUNCIL
by LONGMANS GREEN & CO
LONDON NEW YORK TORONTO

林子清收藏的原版《一九三九年以来英国散文作品》

有一次俞晶同学说，方光焘先生佩服钱先生的学问，新闻系助教童文沛告诉我，詹文浒（《四用英汉字典》的主编）佩服钱先生。葛传椝先生也佩服钱先生，他编了一本《英文新字字典》，请钱先生写评语，报上把这评语公布出来了。我旁听李健吾先生的《欧美名著选读》时，李先生在课堂上赞扬《围城》，说钱先生真聪明，妙语连珠；并说钱先生写这本书得到杨绛先生的帮助。孙贵定先生比钱先生大十八岁，曾在英国留学十年，得到爱丁堡大学的哲学博士和文学博士学位，又在欧洲考察一年，他很器重钱先生。有一次我在外文系办公室里看到孙先生当面用英语赞扬钱先生，钱先生逊谢。郝楚同学告诉我，孙先生曾对他说，“钱先生比我聪明。”外文系同学的普遍看法是：孙先生的口语，钱先生的文采，堪称二绝。像钱先生这样一位得到学生敬爱、得到同行佩服的教授，却并没有得到以李寿雍为首的学校当政的特殊照顾。在当时的暨南，“官”逼“学”的现象是存在的。

钱先生把这一大段全部圈掉，并加旁批曰：“都似可删，

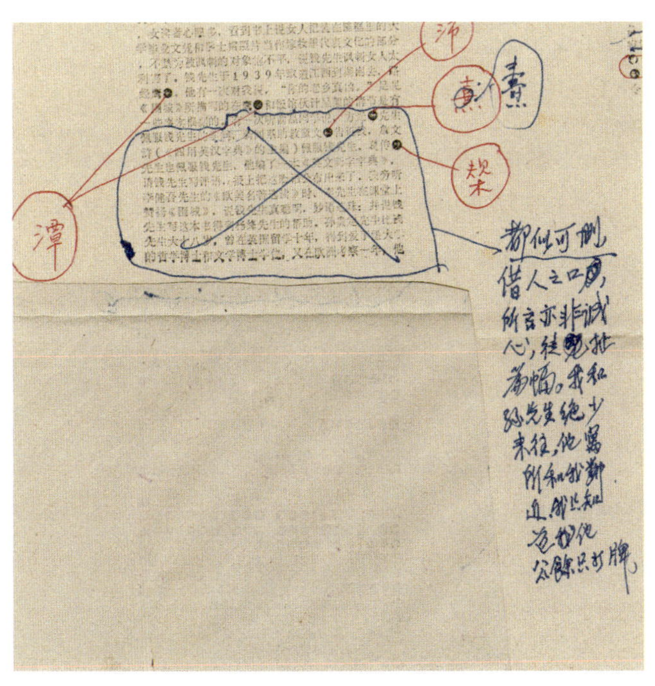

林子清文章小样（局部）上钱锺书的删改批注

借人之口，所言亦非诚心，徒扯篇幅。我和孙先生绝少来往，他寓所和我邻近，我只知道他公余只打牌。”孙贵定当时是暨南大学的外文系主任。

林先生文章里还有一段说：

> 钱先生不喜欢当时的美国电影，我有一次对他说我看了*Lady Hamilton*，他说他从来不看美国电影的。他对某些美国人写的英文也有意见，有一次他对郭智石先生说，他看到一个美国人写的英文，在不该用“of”的地方用了这个介词，郭先生同意他的看法。

钱先生把这段也圈掉了，旁批曰：“亦无此事，至少在我的记忆里。”

另外还有一些删去或修改的地方，我在回忆钱先生的文章里已经介绍过，这里不多引述了。

三

钱锺书先生是在一九四六年夏，应暨南大学文学院长刘大杰之邀，担任外文系教授的。差不多同时，他还担任英国文化委员会中国地区（British Council in China）的顾问。海沃德的这本 *Prose Literature since 1939* 就是这个委员会策划出版的“英国文化丛书”（The Arts In Britain）的一种。当年商务印书馆翻译出版了十二种，钱先生是这套丛书的编委，而海沃德这本的译者，正是杨绛先生。

《一九三九年以来英国散文作品》，约翰·黑瓦德著，杨绛译，商务印书馆，民国三十七年九月初版。书前列有“英国文化丛书委员会”的人员名单：朱经农、林超、钱锺书、萧乾、G. Hedley、H. McAleavy，据吴学昭在《听杨绛谈往事》介绍，贺德立（G. Hedley）是英国文化委员会主任；朱经农是商务印书馆总经理兼光华大学校长，这套书的总序就是他写的；林超是留英地理学家（三联书店，2008年10月版，212页）。

委员会名单下面是十二种书名、作者和译者名，《听杨绛谈往事》中已全部转引，这里只提几位译者，均为一时之选:《现代科学发明谈》译者任鸿隽,《英国大学》译者张芝联,《英国绘画》译者傅雷,《一九三九年以来英国诗》译者邵洵美,《一九三九年以来英国小说》译者全增嘏,《一九三九年以来英国电影》译者张骏祥……

《一九三九年以来英国散文作品》译成中文也只有六十一页,包括十多页照片、十多页参考书目。据吴学昭介绍,杨先生在翻译这本小册子里提到的书名或篇名时,“为避免错误,常向锺书和他的英国朋友、也是丛书委员的麦克里维请教。例如牛津学者所著《魔鬼通信》(*The Screwtape Letters*)的书名,就是听麦克里维讲述书评原作的内容后译出的”。《魔鬼通信》作者 C. S. Lewis,就是《纳尼亚传奇》的作者,《钱锺书手稿集·外文笔记》第四册中有此书笔记(411—415 页),应该就是这个时候读的。吴学昭书里说,杨先生的译著出版后,钱先生补充了一则详尽的注,说《魔鬼通信》“共信三十一封。Screwtape 乃写信魔鬼之名,收信之魔鬼名 Wormwood,皆‘地府’(The Lowerarchy)(一〇二页)大魔鬼手上之‘特务’,引诱世人背叛上帝者。二人之关系,于私为舅甥或叔侄,于公为‘引诱部长’与下属(二四页)”。吴先生说:“因该书后来

未再版，锺书的这则注解迄今只留在杨绛仅存的本子上。”（《听杨绛谈往事》，214 页）

《一九三九年以来英国散文作品》中译本出版时，林子清先生已在暨南大学外文系当助教，与钱先生接触较多，一定听钱先生介绍过海沃德的这本书，应该也会去读杨先生的译本。第二年，他又读到了原著。

再过七十多年，这本书被我意外淘到。

方重的一本旧藏

一

家里一本英文旧书 *1066 AND ALL THAT* 的书名页上，有我购买当日写的一行小字："一九九一年八月卅日购于上海外文旧书店重开第一天。"至于书店如何关掉、关了多久，已完全没有记忆了，可以肯定的是，重开的外文旧书店就在山东路近福州路口。这以后，我常常去那里转转，偶尔也会买一两本英文旧书。其中最为得意的，是一九九三年淘到的英译《苏东坡作品选集》。

Selections From The Works of Su Tung-P'o，英译者：Cyril Drummond Le Gros Clark，伦敦 Jonathan Cape 公司 1931 年初版。按现在的标准，为小十六开，一百八十页，有 Averil Salmond Le Gros Clark 创作的多幅木刻插图和尾花。更为

难得的是，书名页右下方有钢笔题签："Roland C. Fang，Cambridge，Oct.1944"，分明是已故英国文学研究专家方重先生的旧藏。

方重字芦浪，英文名 Roland C. Fang，生前是上海外国语学院的教授，译有《乔叟文集》和莎剧《理查三世》以及英译陶渊明诗文。我和方先生有过一面之缘，那是一九八八年，上海英国文学研究会在社科院文学所成立，方重先生和王辛笛等老先生都出席了。会上，方先生说：美国文学也应纳入英国文学研究的范围内。这反映了老派外国文学研究者的观点，不承认美国文学有自己的传统。方先生早年留学美国，在斯坦福和加州大学攻读英国中世纪文学。

关于方先生的生平，以前知道的不多，直到最近读了方若柏编著的《译路人生——我的父亲方重》（外文出版社，2016 年 1 月版），才稍稍有些了解。

二

《译路人生》的第一页，就有一条醒目的注释："方重的

‘重’发音应该是 zhòng。为避免误读，特此说明。”

啊呀！我以前一直读作 chóng 的。曾有位老先生跟我讲过，方重先生是重阳节那天生的，所以这个“重”字要念成重阳节的重（chóng）。

不管怎么说，书的作者是方重先生的哲嗣，当然是权威表述。不过书后附录的年表履历中也说了：“父亲 1902 年 10 月份的重阳节生于安徽芜湖。”

因为《苏东坡作品选集》上的那个签名，我特别想知道方先生在英国剑桥的情况，书中介绍得不多，有两处引方先生自己的回忆文字，其中说：

> 到了 1943—1944 年间英国牛津大学某古典文学教授，连同现已成为中国科技史专家的李约瑟教授（Dr. Joseph Needham）受英国文化协会之委托，首次来到我国后方几所大学里邀请五人去英讲学，我是其中之一。其时因我已开始翻译英国中世纪诗人乔叟著作，1944 年夏秋之间不得已向武大告别。（《译路人生》，111 页）

方先生在一九八四年出版的《陶渊明诗文选译》的序

言中，曾说：

> 1944 年秋我应邀赴英，住进了剑桥大学三一学院作客座教授。……1947 年底从伦敦返国之前，我在剑桥伦敦等地大小旧书店购得多种汉诗外译的国外学者的译著，全部带回祖国。（同上，39 页转引）

可见这本《苏东坡作品选集》是方先生一九四四年十月刚到剑桥时就买下的。我在外文旧书店还淘到过一本原版《斯威夫特选集》，也有方先生的签名，同一时期购于剑桥。方先生于一九九一年三月二十七日晚突发脑溢血去世，享年八十九岁。不久藏书散出，我有幸得到两册，也是有缘。

三

我在淘得英译《苏东坡作品选集》不久，读到我的朋友李洪岩关于钱锺书先生的文章，说钱先生在清华读书时，

SELECTIONS

from the works of

SU TUNG-P'O

[A.D. 1036–1101]

TRANSLATED INTO ENGLISH
WITH INTRODUCTION
NOTES AND COMMENTARIES

By

CYRIL DRUMMOND LE GROS CLARK

Secretary for Chinese Affairs, Sarawak

AND

WOOD ENGRAVINGS BY

AVERIL SALMOND LE GROS CLARK

THE FOREWORD BY

EDWARD CHALMERS WERNER

H.B.M. Consul, Foochow (retired)

LONDON
JONATHAN CAPE 30 BEDFORD SQUARE
MCMXXXI

Roland C. Fang
Cambridge
Oct. 1944

方重收藏过的英译《苏东坡作品选集》

SU TUNG-P'O

After the painting of the poet executed by command of the Emperor Ch'ien Lung

英译《苏东坡作品选集》中的木刻插图

曾在《清华周刊》上发表过一篇英文书评，评论英国外交官李高洁（Le Gros Clark）所译苏东坡诗赋。钱先生评的不就是我得到的这本书吗？我请洪岩兄复印一份钱先生的文章给我，当年复印没有现在方便，洪岩兄竟一字一句抄了一遍寄给我，让我感动至今。

钱先生的书评发表在书出版当年一九三一年的 XXXV 期《清华周刊》，指出所选译的十九篇作品，有的是“赋”，有的是“记”，属于不同的文体，但在翻译过程中，这一区别消失了。而且所选篇目，既有名篇如《赤壁赋》《喜雨亭记》，也有像《服胡麻赋》这样拙劣的作品。另外还有些误译，如将“苏子”译成“苏的儿子”，将“东坡居士”译成“退休的学者东坡”。但总体上，钱先生还是充分肯定了译者的译笔，他之所以挑了些刺，只是给序言作者 Edward Chalmers Werner 热情的轮胎上戳个洞而已。在书评的最后，钱先生高度称赞了李高洁夫人所作的木刻插图和尾花，说此书因此而魅力大增，这些木刻用不同的媒介巧妙地再现了东坡赋的神韵，以致我们只有赞叹，无暇批评，看看已足矣。

后来在《谈艺录》中，钱先生又说：“李高洁君（C. D.

Le Gros Clark）英译东坡赋成书，余为弁言，即谓诗分唐宋，与席勒之诗分古今，此物此志。”《苏东坡作品选集》一九三五年修订再版，改名 *The Prose-poetry of Su Tung-P'o*（《苏东坡赋》），李高洁请钱先生写了一篇长序。现在，这篇书评和序言都已收入《钱锺书英文文集》（外语教学与研究出版社，2005 年 9 月版）。

当年我和钱先生有通信交往，我在信中问及李高洁，钱先生九三年十二月十五日回信说：

> Le Gros Clark 乃当时 Sarawak Borneo（文来？）的 Governor（英国殖民高级官），由其友德国人（清华教授介绍）先请我介绍，又审看译文为再版作序。其夫人才貌双全，我们在英时，他们回国述职，特请我们在牛津大饭店晚饭。其弟为牛津生理学教授，亦请我们吃饭。以后又通过几次信。我们到法国后遂失去联系，想其夫妇皆已逝世。承问特告。“李高洁”乃其自用汉名。

这是钱先生给我的最后一封信，此后不久他病重再次入院，于一九九八年十二月十九日去世，迄今整整二十年了。

杨绛先生后来在《我们仨》中写道：

> 锺书在牛津上学期间，只穿过一次礼服。因为要到圣乔治大饭店赴宴。主人是C. D. Le Gros Clark。他一九三五年曾出版《苏东坡赋》一小册，请锺书写了序文。他得知钱锺书在牛津，特偕夫人从巴黎赶到牛津来相会，请我们夫妇吃晚饭。
>
> 我在楼上窗口下望，看见饭店门口停下一辆大黑汽车。有人拉开车门，车上出来一个小小个儿的东方女子。Le Gros Clark夫人告诉我说：她就是万金油大王胡文虎之女。Le Gros Clark曾任婆罗洲总督府高层官员，所以认得。

关于李高洁后来的情况，我的朋友高山衫写过一篇《关于李高洁的几件事》，发在“豆瓣”，网上很容易查找。据高文，李高洁的书再版时，把李夫人的那些曾得钱先生称赞的木刻插图给删去了。看来我收藏的这本初版本，更有意思。

诗人卞之琳

窗外没有风景

满头银发的诗人站在楼上，望着窗外。

窗外已是深秋，萧瑟阴沉。时近中午，没有明月；楼房挡眼，也无风景。

诗人此刻关心的并非明月，也非风景。阴郁的天会不会下雨？诗人想出去理发，又担心变天。

这想法犹豫了好一阵子，终于让不速之客的敲门声给打消了。

客人来自江南，在北京树影婆娑、残墙斑驳中寻找被诗人装饰过的古老梦境。前一天，他在海王村的旧书堆中意外地淘到了诗人的第一本诗集《三秋草》。

步履蹒跚的诗人把客人引进书房兼起居室。客人迫不及待地递上了《三秋草》。

诗人摩挲着纸已发脆的旧诗集——平静的池水中投入了一块小石子，泛起记忆底层的缕缕往事：

那是一九三三年的春天。诗人微闭着双眼，语调轻缓，杂着乡音，如遥远的声音，却依然清晰。那年诗人卖掉了几首旧译“恶之花”给《新月》，有了路费，乘大学春假，去青岛看朋友孙大雨、沈从文。谈起印诗事，沈从文说他出钱给诗人印一本。打开抽屉，诗人发现几张当票，而沈从文终于做了一本小书的“老板”了。三二年秋天三个月内写成的十八首诗，印成了这部薄薄的《三秋草》。封面上三个飘洒的题字，就出自沈从文之手。

前此，诗人的老师徐志摩曾与当时不认识诗人的沈从文，准备把诗人“没有喂火炉”的二十多首诗印一本《群鸦集》。不久，徐志摩遇难，《群鸦集》流产，《三秋草》成了诗人第一部印成的诗集，只印了三百本。

你能找到这本集子，真不容易。

那么，您给题几个字吧。

诗人摘下眼镜，沉思片刻，伏在零乱的书桌上，用圆珠笔在扉页上写下几行颤抖的字：

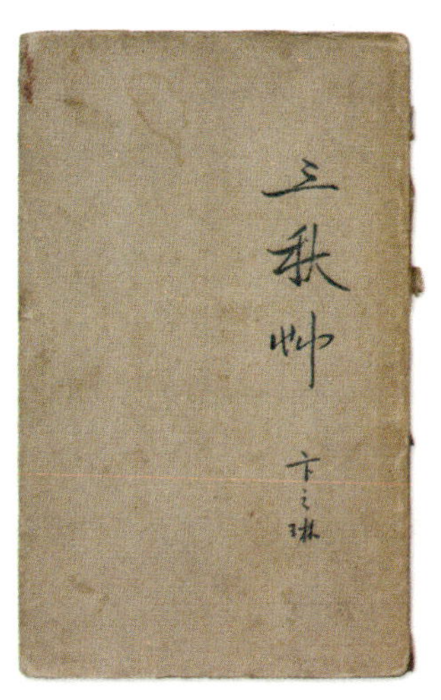

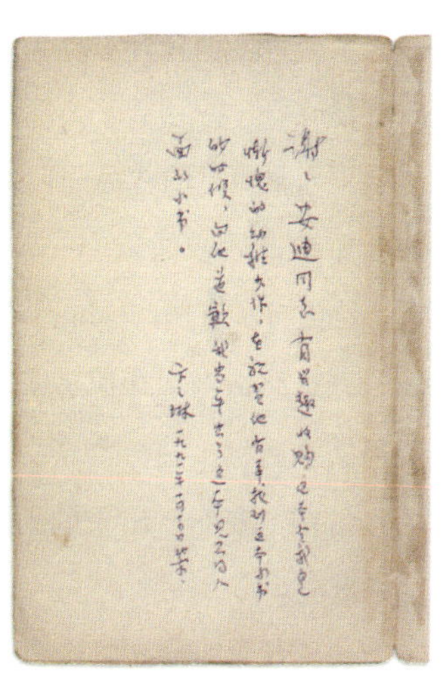

《三秋草》封面和卞之琳题词

谢谢安迪同志有兴趣收购这本令我自己惭愧的幼稚少作。在祝贺他有幸找到这本小书的时候，向他道歉我当时出了这本见不得人面的小书。

见不得人面是徐志摩悔其少作说的话。诗人念了一遍后解释说。

诗人对自己的作品一向挑剔得很严。自选《雕虫纪历》才七十首，后增加三十一首。《三秋草》十八首入选十二首。诗人自己有选诗标准：

思想感情上太颓唐、太软绵绵、太酸溜溜的、艺术表现得实在晦涩、过分离奇，平庸粗俗，缺少回味，无非是一种情调“变奏”出来的太多的，或者成堆删去，或者删去一部分。

选诗从来没有统一标准。诗人成堆删去的未必不是好诗。“朋友与烟卷”，一首隽永的小诗，曾得首席批评家刘西渭推崇：

那样浅，那样淡，却那样厚，那样淳，你几乎不得不相信诗人已经钻进言语，把握它那永久的部分。

可惜《雕虫纪历》不收，幸好《三秋草》里有。

诗人的少作精巧细致，如古瓷小摆设，略许的晦涩像

“天天下雨，自从你走了。”
“自从你走了，天天下雨。”
两地友人雨，我乐意负责。
第三处没消息，寄一把伞去？

我的忧愁随草绿天涯：
鸟安于巢吗？人安于客枕？
想在天井里盛一只玻璃杯，
明朝看天下雨今夜落几寸。

应张微同志嘱，抖手勉录1937年五月寄居杭州时即景即事旧作《雨同我》，就正。

卞之琳
1991年岁尾

卞之琳手迹

是蒙上一层薄薄的细纱，映出年代的久远，传来一丝凄凉的古香。这样精致的古瓷惹人喜欢，却经不起风吹雨打。诗人的琴弦早已沉寂，他的学识在莎剧的翻译、研究上得到了施展。

可是，那一份纯粹精致的诗情诗意，却永远地消失在风风雨雨的岁月，再也难以捕捉。

这毕竟不再是诗的年代。

窗外已没有风景。

（原刊《文汇读书周报》1991 年 12 月 28 日）

卞之琳先生书札选抄

上月初接到北京陆建德先生的电话，说十二月八日是卞之琳先生九十华诞，社科院外文所准备开一个祝寿会，在卞先生开的名单中有我，问我能不能去。我在一九九一年冬天拿了刚在琉璃厂买到的先生早年诗集《三秋草》，去干面胡同拜访先生，以后也一直有联系，但这几年北京去得少了，多年不见先生了，这次正好可以见面，便欣然答应。没想到，先生却在生日的前几天突然去世，祝寿会成了追思会。我虽然去参加追思会，但还是为没能见到卞先生最后一面而遗憾。回上海后，与卞先生的女儿青乔通电话，她说卞先生去世前还经常念叨着我。这更促使我感到应该写点文字来纪念他。于是翻出卞先生给我的信，重读一遍。卞先生的信都写得很长，开头字稍大，越写越小，到最后小到难以辨认。这些信有不少对往事的回忆，还透露了他想写而终于没写成的文章（如回忆温源宁）的构想。我觉得把卞先生信中的内容抄录一部分出来，比我写文章更有意义。

卞先生信中多涉及《文汇读书周报》，也是与《周报》的一段缘份，他晚年的一篇重要文章《八宝箱之谜》也是发表在《周报》上的。

关于访问记

文章（即上文《窗外没有风景》）看了，我没有意见，你巧手为文，关于我原是没有什么可说的，我那天也顾不来多谈，你居然写出了不怎样落套的访问记，不由我不想起现在也老去的“神童”吴祖光前些年嘲贺曹禺的才尽之作《王昭君》一剧的一首七绝首句“巧妇能为无米炊”。但弄巧也能成拙，值得警惕。你们《读书周报》上文风也不尽全正，恕我直说。（1992.4.9）

关于温源宁

原拟写小文是读了《读书周报》近期天涯先生（是谁，能告知吗？）讲温源宁遗著《一知半解》后想补点琐忆，因为温是我的北大老师之一，抗战前曾以英文小书《Partial Portraits》相赠，原书早丢失，内容也遗忘，前年（？）张中行先生（又是谁？）介绍说此书已有南星译本在湖南出版，因为温原来是林徽因的姐夫，徐志摩在剑桥的同学，吴宓我也认识，在昆明西南联大好像同过事，南星则姓杜，是我在北大的同学（比我低几年级），我想找温著核实一下我的《人与诗》书中书外可能写重复的人物印象，也补上我所知不多而亲自教过我的温老师一点琐忆。书没有买到，睽隔多年，现从天涯文章中得知温的卒年，还不知他的生年，照我《人与诗》回忆部分的规格，涉及的人物，都注生卒年，缺此我也难补追忆温师的独立一文。如能复印张中行一文寄我看看就好，如能借到《一知半解》一书

借我参考，当感激不尽（我读后当挂号寄还），我还想探知（杜）南星的情况。（1993.4.22）

参考了这些资料，我得以核正了自己在《追忆邵洵美和一场文学小论争》（发表于《新文学史料》1986 年第 3 期）一文中记错在上海看望温源宁，在《天下》月刊编辑部遇见林语堂、邵洵美的年份，也使我怀疑了自己怎么把上海别发洋行精印出版的温著英文小书的原文名和什么人的一本书名混淆了。

人上了年纪，如无当年日记之类的根据，记忆常会出些差错。重读冯至谈梁遇春文（见《立斜阳集》），说温源宁在 1931 年把梁从上海暨南大学带回北大，发现时间上有问题，因为我 1929 年到北大，温就是我们英文系主任，倒是叶公超在当年从暨南大学北转清华也就在北大兼课教到我们的英国戏剧课的。三十年代北大也不像张中行文所说有西方语文学系英文组，当时北大外文方面分英文、法文、德文、俄文、日文五系，与一般大学不同，后来才改为外国语文学系各专业组，称西语系各组则是 1946 年从昆明复员北返后改的。当然这些都无关紧要，只是我自己觉得好笑，往往能指出别人回忆中欠精确的细节而也得让别人的书面材料核正自己记忆的偏差。拖延了很久写不成文的琐忆温源宁等师辈的稿子也就懒得写了。我过去只是佩服温著英文小品与林语堂著英文鸿篇巨著格调不同，似还高出一点，生平所知甚少，最近偶读林徽因遗文，才知道他还是她的姐夫，徐志摩在剑桥的同学，过去只确知有一点巧合的事实，接替温当中国驻希腊大使的是我在四十年代初在昆明西南联大外语言系教到过的一位学生（现已退休回京）。什么时候有精神，有兴趣，能写出其他琐忆文，当另寄奉请教。《一知半解》一书过些日子当挂号奉还。（1993.5.10）

关于散文

温著《一知半解》，承嘱不用寄还，谢谢馈赠。过去读温师亲赠的英文原著，深佩他的英文写作似比林语堂的长江大河式的英文著作，格高一档，现在我感到失望，觉得空话多，实事少，笔下人物，神情是有的，血肉却没有，简直有点像《爱丽丝漫游奇境记》写到的在空中一现的一只猫的笑影。最近重读梁遇春的散文集《泪与笑》，也不如当初在《骆驼草》上发表其中的一些零篇令人醉心了。但是其中表达的情怀还觉确实动人。大概英国式过时的所谓“家常散文”就至多能做到这个地步。王佐良在最近一期《文汇读书周报》上发表的评《牛津随笔选》一文中所说与我原有同感：卖弄风趣和幽默，“为随笔而写的随笔”连在英国“现在确是少见了”。实际上我过去也从来不写这类既不抒情亦不论事的文章。《沧桑集》里第一辑所收的三篇散文，也许是例外，但是它们还是抒情、记事、讲道理的。（1993.9.25）

关于《断章》

我自己也觉得不由自主，不知从哪里忽然冒出来的两节两行合成四行的《断章》一诗，表面文字是清楚、规范化、合乎逻辑的，意蕴当然可以容纳各种解释，但是从刘西渭开始不按文本已摆在那里的结构态势、自凭主观才气说得天花乱坠，引起我本不该那样的自己出来说话以来，百文百解，倒实在有趣。有朋友搜集这些妙解误解，较近我从《南方周末·芳草地》上剪去了忆明珠借题发挥一篇妙文（杂感），写得很好，只是把题目又引错了，写成安迪同志：

四月二十七日信，又附复印件收到，谢谢。《帝国》旧杂上鄙陋的妙文，烦不吝再次复印到了，我这次再不会把它"珍藏"到不知去向了。張编我的一卷本选集附录汇集了几篇关于《断章》的不同阐释或借题发挥的文字，引发了我们编一本《百解》的[illegible]。我并不倾向于接受当今西方流行一时的"接受美学"这种文学理论，而能编出《百解》小书，却似又可以例证此学说的不无价值。[illegible]了，不[illegible]文字的一面[illegible]，[illegible]人[illegible]了[illegible]。

我这一向就是着手清理自己的文字乱摊子，编订出自认聊可自存一时的几卷，来供查阅，再付印出版。想不到北京中国文联出版社文艺编辑室今年找人既了去年约我为他们的《新作家自选集丛书》编一卷《诗文》[不包括译诗(因为我编译的《英国诗选》已在北京商务印书馆排印双语对照本)自选集》交了出去，就感兴趣考虑出我的几卷"作品集"(我与钱、杨二公不约而同用此名称，和近代内地出版社用"文集""选集""全集"的惯常名称，今日流行的"全编""精编"的过滥与过高的名目；他们已先大出版社出书，风行一时，不敢攀比，只能改称"作品汇编")，只是我仍然以单行本出书，各有书名，下署"作品集卷几"。事实上我目前正在订正、删补《人与诗：忆旧说新》增订版一卷，已从115字增至30万字左右，[illegible]。他们都要求年底前一起交印成套至少三四卷基本完成，以利销行。你已经出版编辑工作过的，你说我真能为此[illegible]吗？[illegible]我[illegible]的紧张，我心目中还有几篇文[illegible]呢。

《[illegible]》上我那篇小文……

[illegible]

卞之琳 5月11日('99)

卞之琳书信手迹

了《断句》。我想起抗日战争胜利后七月派诗人诗论家阿陇曾在《希望》这本七月派刊物上发表一篇评《断章》的文章，把诗中“你”错引成了“我”，说我文理不通，也很有趣。（我是佩服阿陇的诗才的，据牛汉亲自告诉我说，阿陇实际上是喜欢我的诗的。）这个刊物在上海出版的，大约是在1946年前后，你能想办法找到复印一份给我吧。最近好像从机关借来的上海《文汇报》，大约在讲电影一版上（记得在左上角）有人讲编写《霸王别姬》电影剧本的陈凯歌，将找张艺谋拍一部新片，正在江南看风景找演员，对访问者忽然说不妨用《断章》四行作题解，我没有剪下，也想有劳你翻查一下，复印一份。（1993.9.25）

（原刊《文汇读书周报》2000年12月23日）

劳先生、赵丽雅和……我

一

毫无疑问，最早读到谷林的文章，是在《读书》杂志上，具体哪一篇不记得了。认识劳祖德先生，是扬之水介绍的。那时扬之水这个名字还没通行，熟悉的朋友都直呼其名赵丽雅，劳先生给她的信称“宋远兄”，我写信也这么称，她来信则自称“如一”。第一次晋谒劳先生，赵丽雅没有陪同，因她正好去上海出差。劳先生一九九二年十一月廿五日给她的信中说：“安迪兄曾经迂驾枉顾，……面订令写郑孝胥二千字，不敢抗命，兹亦以芜稿奉请代转，意其尚滞都下，而阁下恰已旋京，当能晤会。外并以小书一册请教，烦劳为代致。”几天后（三十日）给赵的信中提及我写过的一篇记徐梵澄先生的文章，在信的末尾又说：“安迪兄已返沪否？不知前奉一笺能赶上旌辕否。”

当时我在《文汇读书周报》当编辑，与劳先生见面，谈起他已经完成的《郑孝胥日记》的标点工作，就约他为《周报》写篇文章。劳先生很快就写好，请赵丽雅转交。这篇《郑孝胥》发表在次年二月六日的《文汇读书周报》。信中所谓“小书”，即《情趣·知识·襟怀》，三联书店一九八八年十二月出版，我早已购读了。劳先生请赵转送给我的这册，在题词签名的边上钤了一方闲章：“相见恨晚”。这也是我当时想说的心里话。

二

一九九二年秋天拜识劳先生，到他二〇〇九年一月去世，见面的次数也就十多次。除了第一次，后来多半是和赵丽雅同去。先生住在朝内大街二〇三号，那是文化部宿舍大院，劳先生从干校回来后就住在其中一个筒子楼底层的两间，坐东朝西。赵丽雅写过一篇《绿窗下的旧风景》，说到劳先生的房间：“大院深处的一幢旧楼，树荫挂满了窗子，窗前的写字台上，泻下丝丝缕缕的青翠，愈见得纤尘不染的一派清静。”然后笔锋一转：“但绿窗对坐晤谈的时候，并不多。先生虽寓居京城四十余年，却乡音不改，一口宁波话，听起来着实吃力，而偏又是魏晋风度式的‘吉人之辞寡’，总是浅浅笑着，并不多言……”

我可以为这段话做一点笺注。张中行先生曾说赵丽雅去他那里，“照例不坐”，劳先生九二年九月八日给赵的信中也说：“近日大约要送《读书》十月号的清样给我吧，所以此笺拟来时面交——为什么不‘面谈’而费此纸笔呢？因为‘仲尼栖栖，墨子遑遑’，古语云‘坐席未温’，阁下则立谈便动步，坐亦不暇一坐也。”那些年我去北京，初秋时节为多，三人绿窗围坐，午后斑驳的阳光正洒在书桌上。劳先生一口宁波音的普通话，在我听来毫无障碍。先生话不多，而且说得很慢，但看得出还是很乐意交谈的。劳先生曾在给我的一封信里说：“我不善言谈，原因其实不是口钝而在于腹俭，无可说于是只能伊呀啊的了。虽则无言相对，亦是佳境，但终不若絮絮不绝也。”

每次，坐没多久，栖栖遑遑的赵丽雅就在一边催了：“走吧走吧！”而劳先生总是笑眯眯地说：“再坐一会儿。”

我也想多聊一会儿，劳先生零一年给我的一封信里说：“前次偕丽雅见过，于丽雅促行时，您看看表，说：‘再坐一会儿吧！’我忘不掉这句话……”我们每次告辞，劳先生总要坚持送到大门口，我们怎么拦都拦不住的。

三

一九九三年十月我和赵丽雅一起去拜访劳先生。劳先生送给我两本旧书，于是谈起买旧书的事，谈起先生和知堂老人的交往，就约劳先生为《周报》写一篇文章。劳先生十一月九日来信说：“你留下要我‘交待’的题目，刚刚写出，我想给它一个题目‘买旧书’，未免含混，因之略施狡狯，改做‘曾在我家’。这是习用的收藏印章，马夷初先生就有一枚，记得五十年代初有过一次义卖筹捐活动，马先生参加了，拿出一批书画来，都盖上这样一枚图章。此文略长些，颇有骗取稿费之嫌，但一提起收买旧书的事来，真有那么一点缠绵之意，实在可笑。”

同月廿二日劳先生给赵丽雅的信中说：“安迪要我交待

与苦雨老人的关系，我奉命惟谨，接着便得回信，说起买旧书的事，说是受你教唆，前年在琉璃厂以二十五元买了一本《三秋草》，着实吓了我一跳。我以前在摊子上买旧书，是当荒货去检的……”

在琉璃厂中国书店买下之琳《三秋草》的事，至今仍历历在目。记得那天在书架上翻到此书，颇为喜欢，只是价格二十五元，书拿在手里，踌躇再三，还是放回去了。回到住处与赵丽雅通电话说到此书，赵说旧书可遇不可求，这次若错过，可能以后再也碰不到了。结果我一夜未睡踏实，第二天一早就赶去琉璃厂，把这本《三秋草》买下。两天后捧着书到干面胡同拜访卞之琳先生，请他在书上写了一段话。劳先生听我谈了买此书的过程，来信说：

> 阁下买三秋草一事，可称豪举。丽雅也曾跟我说及琉璃厂的书价，我常劝她不买。我到北京的时候的确碰上好时光，但那时两个小兄弟还没在小学毕业，所以每个月得汇八十元回宁波作事亲畜弟之资，所余生活费已无多，故每月买书严格控制在十元之内，一般买的只是四五角一本的。有一次碰到戴望舒译的爱

经，书末有王辛笛的印章，面目如新，要价二元，踌躇再三，咬咬牙买了。前几年曾见漓江重印此书，因旧的一本已失去，曾想重买，但一较前书的品位，总觉新印的太差劲，乃望望然去之。

那天见面时，劳先生送了两本旧书给我。赵丽雅在场，又一同出来，她没有问我是什么书，却写信去问劳先生。劳先生十一月廿三日给她的信里说："那天给安迪的两本小书是《汉园集》和《猛虎集》。"《汉园集》收何其芳、卞之琳、李广田三人新诗，书的扉页左上角有"其芳自存"四个小字，先生告诉赵："买此书情景历历在目。那时我的工作场所在前门外，晚回东城宿舍，过南河沿东口，在盐业银行的门廊下有人用报纸铺地，燃一电石灯，平放着几十本书出售，我大约以四角钱得之。"后来在《答客问》一书中又写道：

有一次在西河沿，在一家银行门口，我下班稍晚，已经上灯了，瞥见一个地摊上有一本布面小书，走过去拿起书，就着灯光打开一看，扉页左上角写着四个字:“其芳自存”！——这真是奇遇了。

《猛虎集》为徐志摩诗集，扉页有诗人亲笔题赠签署：上款“魏智先生”，下签名。“钢笔字写得挺拔有姿致，因谓海藏日记中有徐志摩与郑孝胥约定往观其临池的记载，有一次是与胡适两人同去观看。”

《曾在我家》是劳先生的散文名篇，首发在《文汇读书周报》一九九四年一月一日和一月八日。赵丽雅写《绿窗下的旧风景》中提到此文“详细讲述了搜集知堂著译的经过，及与作者的一面之缘，琐琐往事。‘风淡云轻’，先生说，‘然则我所絮叨的，也就烟消云散了。’但我却不免‘心头略为之回环片刻’——果然烟消云散了么，那风淡云轻的什么，或已氤氲作一团，一片；其实，犹在‘我家’。”

四

十来次绿窗围坐，谈的无非书人书事，具体内容大都已烟消云散了。好在劳先生在信中留下一些片段细节。

一九九五年一月劳先生给我的信中说：“昨天接到丽雅寄示的关于黄秋岳一份复印件，并嘱看后寄给你，兹特随函转上。丽雅说，封锁敌舰一事，先曾听徐梵澄先生说起过；与敌特换帽子递情报一事，先曾听王勉先生说起过。还说，都曾向我转述。可是我却一点不记得丽雅向我讲过这些的情形来，只记得我们三人在一起的时候说过‘独柳’那个典故。不知丽雅和我究竟谁健忘。”

我比他们更健忘，究竟说没说过，完全不记得。这里说到“独柳”这个典故，是指瞿兑之给黄秋岳《花随人圣庵摭忆》写的序言中有“哲维骤被独柳之祸”一句。

一九九六年十二月四日先生来信说：

> 十一月五日，在三联书店门市部揭幕式上，见到丽雅和她的“外子”，她从书包中授我《红毹记梦诗注》，说明是您带给我的。感激非凡，却没有及时奉函道谢，昨日丽雅来舍，问我是否久不与您通问，我说并非如此，我总是得信即复。她又说，您在电话中曾问她书已转我否，足见我收到书后没有写过信；我竟分辩说：此事还不久……

自然，丽雅又反驳了。我一扳指头，也吃惊，竟已一个整月了！

“去日渐多来日少”，偏在这个档口，光阴像又过得特别快，这是老天爷对白头人的残忍。

劳先生和我的通信中，赵丽雅是一个永恒的话题，一九九四年一月六日劳先生来信说：

宋远榗柿楼读书记一种，辽宁教育出版社出版，印数三百册！从前读纪德，可记不准是卞之琳或刘盛亚说的，谓《地粮》初版只有几册（不足十册或只有十几册），再版又只印几册，觉得稀奇，也觉得有趣。如今临到我们自己头上，这就不复是文坛轶话，却颇有伤怀抱了。

不知您已得远公赠书否。如尚未收到，望火速催讨，以免向隅，但幸勿泄露通风报信人姓名！

一九九七年十月五日来信云：

扬之水君，久不晤见。忆白傅尝私怀与元九结邻而未得，尝有句云："绿树覆作两家荫"，此情真可念也。梦想安能于楷柿楼边结一茆庵以为栖迟之所乎？

二〇〇二年二月二十二日信云："扬公之水，经年仅获一面，大约'刚日读经，柔日读史'，故卒卒少暇。"

二〇〇三年七月十一日信云："丽雅亦久不把晤，亦不稔其治经研史又在搞何等高深焉。"

二〇〇五年九月八日来信说："丽雅亦久不晤面，止庵告：她似方动身去敦煌，自得其乐，但我以为总比不上到咖啡馆喝一杯也。"信里提到"人书俱老"四字，"乃系陈语，惜腹俭不知出处，丽雅远去敦煌，无从请教，遂想到奉托老弟可否打个电话叩问金圣（性）尧先生试为查询。自属不急之务，其实说穿了是借此名堂写信与吾弟当做握手良晤耳。"

二〇〇七年五月二十二日信云："日前曾得倪子明兄寄我'假日文汇'刊出丽雅在香港新加坡的讲演，旁有她显得稍见发胖的像片。读来信遂疑即是来信所说的出诸你的画笔，我也没有找出报纸来重看。丽雅亦多年未曾晤面。"

五年别去惊初见，一醉殊幸万里来。春事閒晴到寒食，故人风雨满离杯。拈花丛里吾多负，取醉人间子未回。自有深深无量恋，岂堪清浅说蓬莱。 黄节《曼殊雨归见过一醉而去追寄以诗》

不见元生已数朝，浣花溪路去非遥。家舍早知深寂寞，文情岂谓更萧条。空有寸心思会面，恨无单酌遣相邀。骅骝幸自能驰骤，何惜挥鞭过柞桥。 戎昱《成都思元十八侍御》

昨日紫姑神去也，今朝青鸟使来赊。未容言语还分散，少得团圆足怨嗟。二八月轮蟾影破，十三弦柱雁行斜。平明钟后更何事，笑倚墙边梅树花。 李商隐《昨日》

乙酉岁暮杂录旧诗三章以应

安迪常雅令

休之草草

谷林手迹

五

劳先生留下的著述，除了标点《郑孝胥日记》皇皇五大册，自己仅几本薄薄的随笔集，他写给新老朋友的书札，字数肯定远远超过著述。写《爱丽丝漫游仙境》的刘易斯·卡罗尔也是个热衷写信的人，有人统计过，他从二十九岁到六十六岁去世，写的信札超过十万通，他曾这样说："人的正确定义，应该是写信的动物。"劳先生大概没写那么多，但却是他一生创作的主体。他在《答客问》一书中曾说自己一九三九年入川开始职业生活，那时"刚满二十岁，正是'多情年华'，思乡怀故，有三五个师长和同学，又有在宣传队里结交的两三位同志，都在东南，于是鱼雁不绝，每月都要发出几封信。十数年的写作，就是书信和日记。偶尔'抒情'，写一首诗或一则散文小品，自知浅薄，只是抄给几位熟朋友附在信札中传看一下，不敢投寄报刊。"

在《晚岁上娱》一文中，劳先生说到一位年长他几岁的老朋友戴子钦先生（我后来也有幸拜识）时有这么一段话："追随戴先生六十年，两地阔别之时多，立雪侍座的机缘少，眷念深长，惟有纸笔可寄。年岁渐增，步履也日益迟重，即使同住一城，不免一样要用笔谈以代面对，此所以圣陶老人有‘晚岁上娱’之作也。”我与劳先生也是如此。相识近二十年，晤面仅十来次，留存劳先生的来信有近八十通，应该不止这个数，几次搬迁遗失了一些。

或许如以赛亚·伯林一九四八年十月二十一日给好朋友的信中说的：“写信是一种平和的快乐，适合内心平静、没有情感波澜的老年人。”劳先生到了老年，写信更为勤快。读劳先生的信，几乎能够看得出，他的写信就像有些作家的创作，又像是和旧雨新知的聊天絮谈，是一种享受。

劳先生也确是书信写作难得的高手，既能没话找话，又坦诚相待，文字蕴藉，兼具学识。从已经出版的两种书信集《书简三叠》和《谷林书简》看，无论是老朋友还是新相识，劳先生的信都写得真诚，不说套话，不是那种应酬式的八行书。但给赵丽雅的信，就不止是真诚，更有真情在：

> 跟你，则相交之日浅，不敢贸然地说“视君如弟兄”，“托子以为命”，却又的确不同寻常。一则是合志同方，喜好相近，观点相近，水平也相近；二则因为你略似憨湘云，朴厚而豪爽，无机心，所以可谈愿谈，不

管是面谈或笔谈。我们的谈是交谈，我说你听，你说我听，是相互授受；又是闲谈，与听雨赏月喝茶看花属于一类，所以游目骋怀……（一九九三年十一月二十九日）

六

就在上引信两个月后的一九九四年一月二十九日，劳先生在给我的信中说："我跟《读书》关系似乎很深，结识宋远却只是近几年的事。宋远每次见访，总是坐席未温，匆匆便行。因之我们实在没有通过多少款曲。可是她为人坦率真诚，我是感觉到的，欣幸斜阳晚照之中，获此契友。也因此，当她向我介绍一位她的'最好朋友'的时候，我自然深有期待。一见之后，果真不负所望。"

赵丽雅要把劳先生给她的信全部出版，命我这个"最好朋友"写几句话。这当然情之所在，义不容辞。找出劳先生的旧信，拉拉杂杂抄录几段与赵丽雅相关的内容，既是纪念劳先生百岁诞辰，也是纪念我们三个人的情谊，即使劳先生离去已十年，这份情谊仍绵延不断。

俞平伯《唐宋词选》试印本

一

俞平伯的《唐宋词选释》，一九七九年十月由人民文学出版社出版。“前言”文末署“一九六二年七月一日，北京”，并加一九七八年十月写的“附记”曰：“前编《唐宋词选》有试印本，至今已十六年。”

根据俞平伯老友王伯祥之子王湜华的说法：

> 全书在当年（即一九六二），由文学研究所印成油印本，为的是广泛征求意见。这本是件好事，为了使质量进一步提高，尽量少出现些错误。而征求意见后，却迟迟不正式出版，直拖了很久很久，最后又来了个“内部发行”，并且只印三百册。（王湜华：《俞平伯的后

半生》，花山文艺出版社，2001年9月版，74页）

王湜华应该知道，即使这个内部发行本，也是费尽周折才印出的。刘世德在《文章千古事，品德万人钦——怀念俞平伯先生》一文中透露：

> 平老的《唐宋词选》的出版，更是费尽周折。这部书稿完成后，虽有何其芳先生的推荐，却没有一家出版社愿意接受出版。原因是众所周知的：编选者署上了遐迩闻名的“俞平伯”三个字。何其芳先生派人和出版社交涉，并以文学所的名义写了公函，还亲自打了电话，再三说明：平老在词学上有极高的造诣；他的这部书，选目有特色，注释精辟，在同类书中属于上乘之作。最后，在无可奈何的情况下提出：为了贯彻百家争鸣的方针，可否作为一家之言只在内部印行？这样总算获得了出版社的首肯。（见《岁月熔金——文学研究所50年记事》，中国社会科学出版社，2003年5月版，90页）

刘世德的亲历回忆提供了一种情形，而《俞平伯全集》中的两封信透露了另一种情形。俞平伯一九五九年十月二十八日给人民文学出版社古典文学编辑部副主任赵其文的信说：

> 手示欣诵。《唐五代词选》编选注释工作，已大体完成，准于年底将全稿送文学所审核。至于你社要列在明年发稿计划，并在第一季度发排，可商文学所。我很赞同，别无意见。（《俞平伯全集》花山文艺出版社，1997年11月版，第玖卷，317页）

这封信透露了几个信息，第一，《唐宋词选》最初可能只是“唐五代词选”，并于一九五九年十月份基本完成（俞平伯一九五九年十一月一日致信老友同事王伯祥说：“唐五代词选初稿，想先请老兄看看”）；第二，书稿还没完成，人民文学出版社就主动提出出版，并已排上出版日程。

一九六四年七月九日，俞平伯致人民文学出版社古典文学编辑部的信说：

> 七月八日承杜、周两同志惠临，携来拙编《唐宋词选》二校清样，附带签注若干条宝贵意见，感谢，感谢！
>
> ……此书编成于六二年，先在所内请人审查，于六三年第三季度交给你社，又经过审查修订，方始付印。距成稿之初已整整三年。其间国内外情形，跃进变化甚巨。现在是否还适宜印行，颇成问题。（同上，第捌卷，1页）

俞平伯在信中还说："因此我想到是否将此选本缓印，或竟不印，请与文学所商量决定后赐示。我毫无成见，当遵命办理。"

二十世纪五六十年代俞平伯给人民文学出版社的信只有这零星两通留下，从侧面透露出，人民文学出版社当年对出版俞平伯的《唐宋词选》还是主动、积极的。至于后来何以出成少量内部发行，答案或许能在人民文学出版社尘封的档案中找到。

二

王湜华说，内部发行的《唐宋词选》只印三百册，俞平伯一九八〇年九月三日给周颖南的信说“此书曾于一九六三年试印二百册”，总之是印得很少，少到如王湜华说的，“连家父这样的老朋友都不能亲赠一册，只说是所内同组同事都会分到一册的”，并引俞平伯一九六六年三月十二日给王伯祥的信：“《唐宋词选》顷始内部发行，据所中通知，古代组同人均得一册，不知已赠我兄否？企待指正也。”这个内部发行本一九六六年三月印出，在文学所也只有古代组的同事才能得到一本，但不久“文革”开始，据刘世德在上引文中说：

> 后来，书印出来了。只有极少数的读者见到了它。到了“文革”期间，由于所谓批判俞平伯的资产阶级文艺思想的需要，文学研究所的工作人员每人领到一册。素色的封面，除了书名之外，只有一片淡淡的粗糙的灰绿色。大家还很少看到这样印制、装帧的学术著作。翻阅之后，使不少人感到惊诧的是，这贫寒的

封面竟掩饰不住全书内容的丰饶。

《王伯祥日记》一九六六年三月十二日有“接平伯手片”，“询收到未”的记载，并补了一句“想日内当到”（中华书局，2020年6月版，第十八册，7895页），但后面却一直没提及，想是不曾收到。但古代组的另一位同人吴世昌是收到了，并认真阅读后详加批语。这些批语在吴世昌身后以“评《唐宋词选》”为题收入《罗音室学术论著》第二卷（中国文联出版公司，1991年11月版）。据“编后语”介绍：“《唐宋词选》原系内部刊本，后公开发行。批语见内部刊本。”吴世昌也是词学家，且个性强烈，有些批语非常厉害，如：“孙光宪词只选《浣溪沙》、《菩萨蛮》、《竹枝》三首，可谓有眼无珠者矣。”（同上，590页）批语有九十七条，估计当年并没有录出向俞平伯“指正”，吴世昌弟子施议对所撰“编后语”只说是从《唐宋词选》中辑出，未提作者俞平伯的名字。

俞平伯的另一位老友叶圣陶并不是文学研究所的成员，他收到了俞平伯的赠书。一九七七年十一月，叶圣陶听说人民文学出版社要印行《唐宋词选》，十五日写信给俞平伯说：

> “词选”既出版社欲印行，文研所亦赞同，自以印行为宜。前兄贻一册，为不知谁人取去，不能检览。（《暮年上娱——叶圣陶俞平伯通信集》，花山文艺出版社，2002 年 1 月版，247 页）

叶信中所说的这本“不知谁人取去”的内部发行本《唐宋词选》，竟然在四十年后的二〇一七年七月二十六日，出现在孔夫子旧书网的“墨笺楼”拍卖专场，最后以五千一百一十元为“巴托客”拍得。书的扉页上有俞平伯毛笔题写：“圣陶吾兄惠存赐正。弟平伯。一九六六年三月。”“平伯”下钤一“俞”印。从孔网发布的图片看，这本书没有版权页，也无出版社名字。

不知道一九六六年印的三百本（或二百本）内部发行本，今天还留存几本？

三

当然，俞平伯自己有一本。

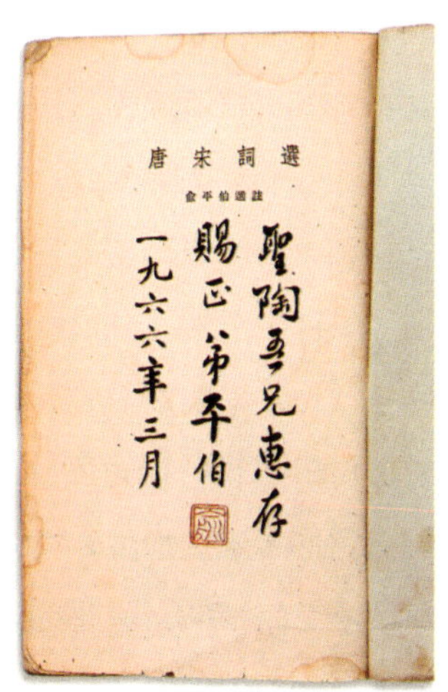

俞平伯题赠叶圣陶的内部发行本《唐宋词选》

俞平伯一九七七年十一月十八日致叶圣陶信说：

> 词选旧稿久已弃置，寓中亦仅存一册，近忽有文学出版社人来，欲重刊发行，询之所内，亦邀得同意。弟却本无“冯妇”之意，且所内方在另编，同时出同名之书似无必要。又此书缺讹尚多，需要修订，弟近亦乏此精力，拟嘱其暂缓且待来年，如何。亦尚未有定议也。（同上，248 页）

信中所说“所内方在另编”的“同名之书”，“是与《唐诗选》《宋诗选注》同为一个系列，收入‘中国古典文学读本丛书’的，是人民文学出版社出版的一套比较有影响的丛书”，文学所的陆永品在接受采访时介绍说，“篇目选定由当时的文学所所长何其芳先生亲自主持，我们古代组的胡念贻、陈毓罴、范之麟、刘世德、许德政，再加上我，共同选注、评析，前言是胡念贻撰写的。”（《甲子春秋——我与文学研究所六十年》，社会科学出版社，2013 年 6 月，242 页）

叶圣陶回信说：“尊编‘词选’甚盼其重刊印行。‘且待来年’事属必然，缘印刷出版方面不利条件颇多，虽有大干快上之号召，实际尚为牛步化。”但俞平伯本人似乎对此书出版已兴趣不大，第二年（一九七八年）二月十八日致叶圣陶信说：“文学出版社又来商洽《唐宋词选》事，旧稿久弃而不便坚却，故漫应延宕之。”到四月廿八日给叶的信中说：

> 日前沙汀、荒煤来访，与之谈及《唐宋词选》事，商定于下半年付印，须修订方可，而讹失仍恐不免。又书名拟改，以同名者多。或用《唐宋词释》之名，省一“选”字，可否，乞示知。

一九七九年三月十五日，俞平伯致叶圣陶信说：“《唐宋词选释》初校样来，有三百页，订于十天看完，亦很不紧张。闻国庆前将出版。”（以上均引自《暮年上娱》）

俞平伯的修订直接改在仅存的一册内部发行版上。这本俞平伯校改本《唐宋词选》出现在中国嘉德二〇一五年春拍的古籍善本专场，起拍价三到五万，成交价二十三万，为西泠印社拍卖公司的陆丰川先生拍得（前面提到孔网所拍的那本，得主“巴托客”也即陆丰川先生）。

此本扉页有俞平伯自署：“丙午二月晦日春分节，平伯自存本；戊午六月盛暑中校改。”“丙午”为一九六六年，“戊午”为一九七八年。

俞平伯一九六二年完成《唐宋词选》时六十三岁，等到一九七九年《唐宋词选释》正式出版，已经八十岁。

补记

上文撰就，偶然查到《出版工作》杂志一九七九年第四期有杜维沫、陈建根“《唐宋词选释》的审读意见”一文，介绍了俞书当年未能出版的原因：

> 俞平伯先生曾于一九六一年编选《唐五代词选》一稿，后增加宋词部分，扩大为《唐宋词选》，于六三年九月交我社古典部。
>
> 《唐宋词选》初稿经当时责任编辑审读，肯定此书的基本质量，认为够出版水平，也指出书稿不足之处，

建议删去若干首思想感情不健康的作品。编注者同意删去若干首，并略作修改后付排。当时古典部领导复审，以普及选本的标准来要求，指出全稿的根本问题是“看不出批判继承的精神”，从选目、注释、题解到校勘等要求全面退修。编选者感到为难，要求“缓印或竟不印”。六四年九月，经管古典文学编辑部的副总编辑提出终审意见：“内容不健康者较多，不宜作为一般选本向广大读者介绍。先付型，暂不印，将来如何处理，待研究。”六五年十一月，文研所要求印出一部分作为交流和征求意见之用，古典部同意此意见，印了三百册征求意见本。

这篇审读意见肯定参考了出版社的档案，从接受书稿到否决出版的整个过程讲得很清楚，前引刘世德的回忆尽管有不准确之处，但何其芳给出版社写公函、打电话等细节应该都确有其事，最后争取的结果就是印了三百本试印本。

俞平伯读侦探小说

一

一九八三年十月出版的俞平伯《论诗词曲杂著》，收录的最后一篇文章是写于当年五月十五日的《〈牡丹亭〉“丹”字的用法（附说英文“狗”字）》。

《牡丹亭》卷上第十六折《诘病》中有这么一句：

> 则（只）除是八法针针断软绵情。怕九还丹丹不的（得）腌臜证。

俞平伯解释说，这两句里的“针”和“丹”，都是上一字是名词，下一字当动词用，如同“春风风人，夏雨雨人”的用法。英文中也有名词转化为动词的用法，譬如 dog 是

“狗”，作动词用时，就是尾随之意。俞平伯举了一个例子：

> ...as he dogs Aaron Cohen's footsteps.
>
> 译为：“像他尾随 A. C. 的脚步。”（上海古籍出版社，1986 年 10 月版，800 页）

这里加了一条脚注：“见阿克西《摄政公园谋杀案》（Orczy: *The Regent's Park Murder,* 1932）。”

Orczy 就是 Baroness Orczy（1865—1947），现在通译为奥希兹女男爵，匈牙利裔英国作家，这篇《摄政公园谋杀案》是她创作的“角落里的老人”侦探系列中的一篇。这一系列写的是一位镇日坐在咖啡馆角落里的神秘老人，一边玩弄着一根细绳，一边根据报纸上的犯罪新闻以及对庭审的报道，分析案情，最后破案。《角落里的老人》有多种中译本，笔者读的是山东文艺出版社二〇一五年十二月出版的吴奕俊、唐婷译本，《摄政公园谋杀案》收录其中。俞平伯引的那句话，在中译本里不会出现“狗”字，可能就是 190 页上的这句：“现在试试看紧跟着艾什立走，就像他跟着艾隆·柯恩走一样……”

二

韦柰在《我的外祖父俞平伯》一书中说，俞平伯读了不少英文原版书，“尤其喜读侦探小说，尤对‘福尔摩斯’、‘亚森罗苹’和‘Father Brown’感兴趣，但不太喜欢近代女作家Agatha Christie的作品”（团结出版社，2006年6月版，111页）。韦柰的母亲，也就是俞平伯的长女俞成，也是个侦探小说迷，“在她的书架上，摆放最多的就是原文的侦探小说，尤其喜欢英国女作家阿加莎·克里斯蒂（Agatha Christie），也会把自己认为好的作品推荐给外祖父看，父女便会有一番讨论，合理之处、不合理之处，津津乐道”（韦柰:《旧时月色：俞平伯身边的人和事》，中国华侨出版社，2012年1月版，50页）。

俞平伯同女儿探讨侦探小说没有留下记录，而他同儿子俞润民的通信中也会交流读侦探小说的体会，一九八二年一月十一日给俞润民的信中说：

> 那小说我觉得很细致，写女校人物、气氛均佳，乍看似凌乱，却耐细看。即首段于案情亦非无关。末

章尤佳，比国侦探小说三篇我都看了，以此为佳。侦探不大显本领。另书《象能记忆》对话琐碎冗长，侦探只听人言毫无作为，但疑案之本身（一男二女之关系）极其微妙，以不了了之，实可单另写一小说也。你阅后自知。(《俞平伯全集》，花山文艺出版社，1997年11月版，第拾卷，74页）

信中提到《象能记忆》，应该就是阿加莎·克里斯蒂的*Elephants Can Remenber*，有译作《悬崖谜案》或《旧罪的阴影》，人民文学出版社出版的辛可加译本，书名译为《大象的证词》(2009年7月版)。这是克里斯蒂“波洛探案系列”的一种，出版于一九七二年。说的是波洛的小说家朋友奥利弗太太有个教女要结婚了，未婚夫的母亲找到奥利弗太太，要了解这个女孩的父母二十年前在康沃尔悬崖边双双死于枪击的真相。奥利弗太太找到了波洛，请求他帮助解开旧日悬案之谜。在克里斯蒂的小说中，有好几部是破陈年旧案的，所谓“旧罪阴影长”，最著名的如《啤酒谋杀案》(*Five Little Pigs*，1943)。而侦查过程，只能找当年的知情者一一询问，确如俞平伯说的，“对话琐碎冗长，侦探只听人言毫无作为”，最后综合各人之说，找出破绽，解开谜底。书名来自书中一位受访者的话：“有句老话说得好啊，大象不会忘记。”(《啤酒谋杀案》，李平、秦越岭译，人民文学出版社，2006 年 11 月版，91 页）小说最后，奥利弗太太喃喃低吟：“大象会记得，可我们是人，而善良的人们终能忘却前尘。”（同上，220 页）

由此可知俞平伯信中说的“比国侦探”，就是指克里斯蒂笔下的比利时侦探赫尔克里·波洛。波洛探案中，写女校案件的可能就是《鸽群中的猫》(*Cat Among The Pigeons*, 1959；中译本史晓洁、陆乃圣译，人民文学出版社，2006 年 11 月版)，一所叫芳草地中学的女校，发生了三起谋杀案和一起绑架案，并涉及国际事端——小说开始讲述了发生在中东小国拉马特的一场革命，也就是俞平伯信中说的“首段于案情亦非无关”。

从这封信看，俞平伯读阿加莎·克里斯蒂，还是读得蛮有乐趣的。韦柰说的“不太喜欢”，可能只是相比于福尔摩斯、亚森罗苹和布朗神父而言。

两个月后，俞平伯给俞润民的信中又提到一笔：“《Last Case》小说，侦探失败。”（75 页）多半指的是英国作家 E.

C. 本特利（E. C. Bentley，1975—1956）的第一本侦探小说 *Trent's Last Case*, 中译本有译作《特伦特最后一案》（吴幸芬译，译林出版社，2006 年 2 月版），也有径译作《最后一案》（王美容译，群众出版社，2014 年 4 月版）。原作出版于一九一三年，是一本别开生面的侦探小说，作者“要探究是否有‘逻辑上合理却不是真相’的可能”（《詹宏志私房谋杀》，台湾源流出版公司，2001 年版，22 页），也就是说，侦探的推理完全符合逻辑，但找到的并不是真凶。书中，凶案被破了三次，每一次都有新的证据出来推翻前一次的结论。俞平伯的评价就是：“侦探失败。”

到一九八三年六月二十四日，俞平伯给俞润民的信里还说：“仍无兴动笔，看英文侦探小说消遣，书佳。”（86 页）其实一个多月前，他刚写了《〈牡丹亭〉“丹”字的用法》，估计也是读奥希兹女男爵的侦探小说，看到了英文中“狗”的用法，因此想到《牡丹亭》中“丹”的类似用法，才兴起动笔的。

三

俞平伯读福尔摩斯，最早读的可能是商务印书馆出版的《华生包探案》，俞平伯藏有此书，一九八六年一月十三日给俞润民的信里说："拟将一九〇三年的《华生包探案》给他（孙儿俞昌实），浅近的文言，看小说亦颇有用，不易解的可问我。"（128 页）据张治先生提供的资料，这本《华生包探案》未署译者名字，系商务印书馆从《歇洛克·福尔摩斯回忆录》中选译六篇，于光绪二十九年癸卯，也即一九〇三年作为"说部丛书"一种出版。

一九二二年，俞平伯赴美考察，回国时带了不少书，"有莎翁戏剧故事及福尔摩斯探案集等"，分赠许宝骙、许宝騄两位内弟（许宝骙《〈重圆花烛歌〉跋》，转引自《旧时月色：俞平伯身边的人和事》，221 页）。

日记残篇《秋荔亭日记》一九三八年二月廿四日有"至宣南购福尔摩斯小说"的记载（《全集》第拾卷，305 页），不知买的是英文本还是中译本，抑或就是上述那本《华生包探案》。

一九八五年电视里播放《福尔摩斯》连续剧，据韦柰在《我的外祖父俞平伯》里说，俞平伯平时很少看电视，但这个连续剧每集都不肯放过。“有时因播放时间太晚，他便索性先睡一觉，再起来看。为能听清对白，我为他插上一副耳机，因能听清楚，更看得津津有味。由于他对福尔摩斯的故事非常熟悉，所以每看完一集，都要发些议论，评论电视剧脚本改编的优劣。”（团结出版社，2006年6月版，111—112页）韦柰没有记下俞平伯评论的话，但在一九八五年三月三十一日给俞润民的信中，俞平伯说：

> 近看福尔摩斯故事电视，你曾看到否？虽不甚佳，却有七种，我都熟悉的，离原本接近，惜描写少而叙述多。主角饰福不很像（似胖而年轻），是一大缺点，看了没大兴味，已看“偻背眩人”，又“蓝宝石”较好，闻有七集。（《全集》第拾卷，124页）

电视剧《福尔摩斯探案集》由英国 Granada Television 摄制，一九八四年播出七集，到一九九四年总共拍了四十一集。杰瑞米·布雷特（Jeremy Brett）饰演的福尔摩斯，被称为最权威的扮演者，俞平伯却认为“似胖而年轻”，“不很像”。他心目中的福尔摩斯，多半是英文本原著中 Sidney Paget 画的形象。韦柰书里还说，俞平伯的内弟数学家许宝騄年轻时也是福尔摩斯迷，一次家里失窃，他自为福尔摩斯，而俞平伯则扮演华生，煞有介事地侦探了几天，却未能破案。“想他俩一个高瘦，一个矮小，该是很像的呢！”（《我的外祖父俞平伯》，112 页）

佳书只是“舒服”与“不做作”

俞平伯与《通鉴》标点

《资治通鉴》标点本初版于一九五六年，到了一九七二年，中华书局准备重印，委托吕叔湘等几位先生对《通鉴》的标点做一次全面检查。吕叔湘把检查时发现的标点错误整理归类成三十个问题，写了一篇《资治通鉴标点琐议》，发表在一九七九年的《中国语文》上。

吕叔湘在这篇文章前面的说明中只说“委托我们几个”，并没有说哪几个。在后面举的例子中有丁声树和俞平伯校读的结果，俞平伯有四条，可见丁和俞当年都参与了《资治通鉴》标点的校订工作。孙玉蓉编纂的《俞平伯年谱》（天津人民出版社，2001 年 1 月版）中没有记录这件事，但俞平伯与叶圣陶通信集《暮年上娱》中有提到。

一九七七年十一月六日，俞平伯致叶圣陶信中说："近得新印《资治通鉴》二十册，可以遣日，阅讫当待来年。"三天后叶圣陶的回信说："见提及新印'通鉴'，忆起叔湘举以告王泗原之纠正断句之误若干条，中有一条系兄所指出。兄与叔湘看过一遍，其功不小。"（《暮年上娱：叶圣陶俞平伯通信集》，花山文艺出版社，2002 年 1 月版）

第二年二月十五日，俞平伯写信给叶圣陶说："顷阅《通鉴》第八册，昔年弟曾稍校过，而标点之误如故，岂未看，或坚持己见欤。"吕叔湘那篇文章中说："我们把检查的结果交给编辑室，其中多数都蒙编辑室采纳，在 1976 年重印的本子上一一改正。"大概俞平伯说的那些"标点之误"，正不在这被采纳的多数中。俞平伯在重读时又发现了新的问题，一九七八年五月九日致叶圣陶信中说："又读《通鉴》卷二一六记唐府兵制胡注：'人具弓一，矢三十胡禄'，'胡禄'，箭袋，稼轩词中即有之，而今点作'人具弓一，矢三十'，以胡禄连下为'胡禄横刀！'即不知胡禄之义，一兵三十支箭，岂能够用？"我查了手边的《资治通鉴》，为一九八六年版，第十五册六八九五页仍是"胡禄"连"横刀"。

俞平伯一九七九年读到《中国语文》上吕叔湘的文章后，对叶圣陶说："弟曾同阅'鉴'文，故颇有兴趣。"

《兰亭序》之疑

一九七四年十月，俞平伯得到几本新印的《兰亭序》，临摹了几张寄给叶圣陶，并在信中说："前时辩论《兰亭》真伪，未曾关心，近觉其后半议论，良有可疑，尊意如何？"

叶圣陶接信当日就回复说："兄谓《兰亭叙》后半议论良有可疑，弟亦云然。以常理揣之，为纪游兼为同游诸人之诗作序，如《临河叙》已够，何必有后段之大发感慨。惟《临河叙》如确是羲之原作，且无遗漏，则《兰亭帖》必非羲之之书，即此一点，已可断定。"俞平伯回信说："王作《临河》、《兰亭》两序，问题固难猝解，以私意揣之《兰亭》或乘兴挥洒，而《临河叙》乃定本欤，其删定之意或即如我侪所云云欤。"

俞平伯信中提到"前时辩论《兰亭》真伪"，指的是郭沫若一九六五年五月发表《从王谢墓志的出土论到〈兰亭序〉的真伪》，由此引发一场关于《兰亭序》真伪的大讨论，争论文章结集为《兰亭论辨》，一九七三年由文物出版社出版。当年争论的焦点主要在于《兰亭序》是不是王羲之的笔迹，但郭沫若发难文同时认为《兰亭序》这篇文章根本就不是王羲之写的，而“是在《临河序》的基础上加以删改、移易、扩大而成”。

钱锺书《管锥编》中提及《兰亭序》，关注点在于《文选》为何不收此文，但认为王羲之写此文“真率萧闲，不事琢磨，寥寥短篇，词意重沓”。而施蛰存更是给这篇名文下了十二字评语：“七拼八凑，语无伦次，不知所云。”施蛰存的文章就叫《批〈兰亭序〉》（收《文艺百话》，华师大出版社，1994 年 4 月版），写于一九九〇年。说的是二十多年前有个语文老师向他请教，《兰亭序》上半篇容易懂，下半篇难懂。于是施蛰存给她逐句分析，从“向之所欣”开始，发现文章完全没有逻辑，充满了自相矛盾：既然“修短随化，终期于尽”，那么后面一句“岂不痛哉”痛的是什么？

“无上妙笔”

据叶圣陶先生的后人说，叶老先生不保存信件，一般写了回信后，就把来信撕了扔进字纸篓，连茅盾的信也不留。唯一的例外是俞平伯的信，不但保留，还“贴于一道令纸订成之巨册中，时时出而观玩之”（叶圣陶一九七四年十一月三日致俞平伯信），可见是真喜欢。

“兄之书法，工笔好，随意亦好，弟真个爱之。”“尊书自云涂抹，而弟则以为至佳。工整好，随便亦好。”《暮年上娱》中叶圣陶不时夸赞俞平伯的字：“四日书敬读，意旨并书法皆可珍，展观再四，如饮佳酿。”“此笺书法极匀净娟秀，非常可爱。”“近书苍简，二十馀年前贴于日记中者娟秀多姿，……实则真为无上妙笔。”

喜欢俞平伯字的，远不止叶圣陶一个。《万象》杂志一九四四年四月号中刊发了俞平伯临的一节《枯树赋》，据黄裳《忆俞平伯》一文说，抗战后期，唐弢去北京时请俞平伯写了一张字，回上海后裱好挂在书房里，“我看了非常羡慕，觉得实在是写得美极了，记得写的是临褚河南的《枯树赋》。就冒昧地寄了纸去，也要求照写一张，不久寄

昔之三河徙殖九畹移根開花建始之
殿落實睢陽之園聲含嶰谷曲抱雲門
將鵷集鳳比翼巢鴛臨風亭而唳鶴對
月峽而吟猿

俞平伯臨枯樹賦

《万象》杂志一九四四年四月号所刊俞平伯《临枯树赋》

来了，果然神采飘逸，秀色夺人。”后来黄裳又收到俞平伯寄给他的手写影印《遥夜闺思引》，诗有的不易理解，“不过字写得实在美，真是风神绝世”。在另一篇《槐痕》中，黄裳说他对俞平伯的手迹“有特别的爱好，可以说是求取不厌”，而俞平伯也“从来没有拒绝过”。

虽然俞平伯对叶圣陶自谦说是“涂抹”，又“怯于弄翰”，但我确信他对自己的字应该是很自负的，看他早年出版的几种书，都影印了自己的墨迹：《燕知草》的书名是自己写的，自序是手写影印的；《古槐梦遇》中周作人、废名、俞平伯的序都是墨迹影印；到《遥夜闺思引》整本影印手迹。

俞平伯并不是书法家，没有刻意要写成什么模样，即使是临《枯树赋》或《集字圣教序》，也是随意为之。但他的字，正如叶圣陶给他的信中所说的：“弟以最低浅之观点言之，佳书只是‘舒服’与‘不做作’而已。”

以赛亚·伯林的初恋

一

英国作家和藏书家J. 罗杰斯·里斯（J. Rogers Rees）一八八六年出过一本《书蠹乐趣》（*The Pleasures of a Bookworm*），其中有一节叫“献辞的浪漫和现实”（The Romance and Reality of Dedications），开头便说：

> 在“献辞”（dedication）中，我们能发现何种风流韵事以及欲盖弥彰？它往往是爱的标志，或是友谊的申明——不，它偶尔也带着悲伤和苦涩。老迪斯雷利（D'Israeli the elder）常常坦承自己总是从前言中拾欢集趣，同样我也得坦承，我时常通过仔细阅读作家的献辞，窥探他们的灵魂，以此获得更多的乐趣，

而不是像作家们所希望的，关注他们的“作品”。（陈琳译，化学工业出版社，2020年5月北京版，88页，上引译文据原文稍作改动）

我托青年朋友在旧书网上淘得以赛亚·伯林（Isaiah Berlin）英译屠格涅夫小说《初恋》的初版本，为的就是书前伯林的那句献辞。

伯林英译的《初恋》（*First Love*），一九五〇年由伦敦哈米什·汉密尔顿（Hamish Hamilton）出版，与另一位（Alec Brown）英译的《罗亭》（*Rudin*）合为一册，戴维·塞西尔爵士（Lord David Cecil）撰序。

伯林那句献辞印在《初恋》书名页的背面，仅一句，分两行：

This translation is dedicated to

P. de B.

“谨将此译本献给P. de B.”，看似不动声色的一句话，却不仅包含着“爱的标志”，“也带着悲伤和苦涩”。

伯林英译《初恋》的初版护封

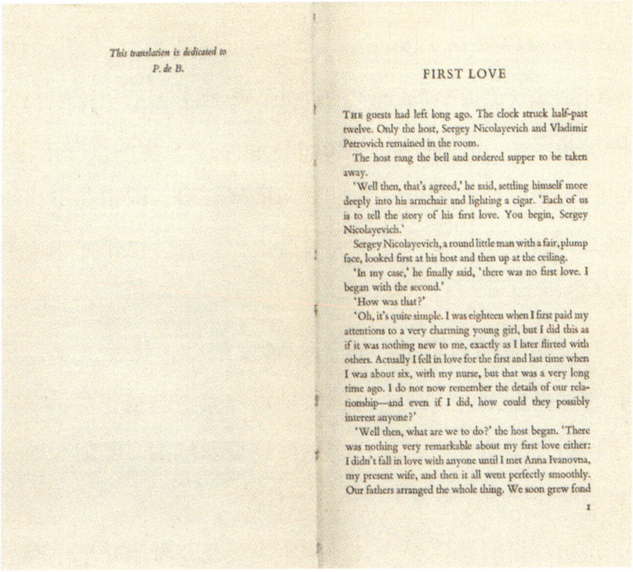

This translation is dedicated to
P. de B.

FIRST LOVE

THE guests had left long ago. The clock struck half-past twelve. Only the host, Sergey Nicolayevich and Vladimir Petrovich remained in the room.

The host rang the bell and ordered supper to be taken away.

'Well then, that's agreed,' he said, settling himself more deeply into his armchair and lighting a cigar. 'Each of us is to tell the story of his first love. You begin, Sergey Nicolayevich.'

Sergey Nicolayevich, a round little man with a fair, plump face, looked first at his host and then up at the ceiling.

'In my case,' he finally said, 'there was no first love. I began with the second.'

'How was that?'

'Oh, it's quite simple. I was eighteen when I first paid my attentions to a very charming young girl, but I did this as if it was nothing new to me, exactly as I later flirted with others. Actually I fell in love for the first and last time when I was about six, with my nurse, but that was a very long time ago. I do not now remember the details of our relationship—and even if I did, how could they possibly interest anyone?'

'Well then, what are we to do?' the host began. 'There was nothing very remarkable about my first love either: I didn't fall in love with anyone until I met Anna Ivanovna, my present wife, and then it all went perfectly smoothly. Our fathers arranged the whole thing. We soon grew fond

1

伯林英译《初恋》的献辞页和正文第 1 页

二

认识伯林的人，都知道这位 P. de B. 是谁。

Patricia de Bendern，帕特里西娅·德·本德恩夫人。婚前姓道格拉斯（Douglas），十一世昆斯伯里侯爵（11th Marquess of Queensberry）的女儿。奥斯卡·王尔德的恋人阿尔弗雷德·道格拉斯（Alfred Douglas）是她的叔祖。

帕特里西娅的祖父九世昆斯伯里侯爵，阿尔弗雷德的哥哥，是个投机商，投机失败破产，一九二〇年死于南非约翰内斯堡。

父亲弗朗西斯（Francis），风度翩翩，热爱文学，是丘吉尔的朋友，二战中他曾鼓励阿尔弗雷德叔叔写了一首十四行诗献给丘吉尔，丘吉尔回信表示感谢。弗朗西斯一直很照顾他的这位迷人的诗人叔叔。

帕特里西娅生于一九一八年圣诞夜，母亲是个小有名气的音乐喜剧演员。六岁那年父母就离婚了，她跟祖母一起生活。在初入社交舞会之前，她像个男孩子一样顽皮。一次夏季舞会上看过帕特里西娅跳舞后，摄影家塞西尔·比顿（Cecil Beaton）在日记中这样写她："穿着薄薄的

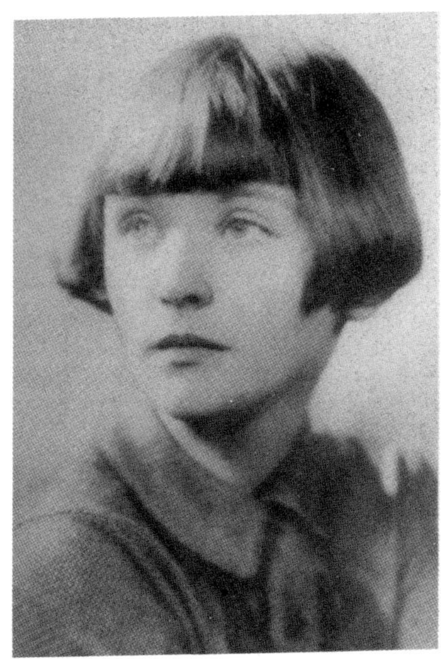

留着童花头的 P. de. B

百褶白雪纺衣服，直发童花头。看上去苍白娇弱，我真担心她随时会消失。我跟随她到阳台上，看看她到底是不是月光的产物。”

一九三八年，帕特里西娅二十岁，嫁给了大她十岁的约翰·德·本德恩伯爵（Count John de Bendern），一位业余高尔夫冠军。虽然婚后生活幸福，但两年后本德恩伯爵在北非战场上被俘，帕特里西娅带着女儿来到美国。在哈佛大学拉德克利夫学院（Radcliff College）听 F. O. 马蒂森教授有关亨利·詹姆斯的讲座，上大提琴课，在自己的公寓里招待哈佛的教授（以上主要根据 1991 年 1 月 27 日英国《星期天电讯报》[*Sunday Telegraph*] 讣闻版 Alastair Forbes 撰写的纪念文章）。

二战爆发后，以赛亚·柏林“为英国情报处进行的多次新闻调查极为成功”，一九四二年春，“英国外交部要他到英国驻华盛顿使馆去为他们做同样的工作”（〔加拿大〕迈克尔·伊格纳季耶夫著《伯林传》，罗妍莉译，译林出版社，2001 年 9 月版，144 页）。就在这一年的冬天，三十三岁的以赛亚·伯林遇到了二十四岁的帕特里西娅·德·本德恩伯爵夫人。

三

在华盛顿的一次午宴上，以赛亚·伯林碰巧坐在帕特里西娅·德·本德恩夫人的边上。以赛亚觉得她“极富魅力”：

> 深蓝色的双眼，柔软的棕发梳成下卷的齐肩发型，衬着她冶艳的面容，身材苗条而纤细，散发出诱人的女性气息。和当时上流社会的大多数贵妇一样，她也没有受过什么像样的教育，但十分机智，而且欣赏聪明的男人。很明显，她并不爱自己那位好脾气的无足轻重的丈夫，当以赛亚问她为什么跟他结婚时，她回答说：“噢，因为别人全都那么可怕。”（《伯林传》，147 页）

帕特里西娅喜欢卖弄风情，以赛亚陶醉其中，午宴还没结束，以赛亚就被她征服了。那个周末，帕特里西娅邀请以赛亚去她公寓，但是“没有发生任何与肉体有关的事情”。很快，以赛亚有生以来第一次坠入爱河，接下来他几乎每个周末都在帕特里西娅家和她一起度过。以赛亚不在身边时，帕特里西娅一定会给他写封温柔的短信，把他召唤过来。然后，她自己又是极不靠谱，订下的约会随意取消，有时甚至几个月不见踪影（同上，148 页）。

帕特里西娅不仅身边围着一批向她献殷勤的聪明伶俐的哈佛学者，而且绯闻不断，声名狼藉。一九四三年夏天，她迷上了一个在哈佛读研究生的漂亮有钱的年轻人，名叫雅克·阿布勒，兼有法国和古巴血统。很显然，尤物般的帕特里西娅喜欢和聪明的脑袋调情，和漂亮的脸蛋做爱，而伯林只是前者。《伯林传》里讲了一件事，这年十二月间，帕特里西娅、阿布勒和以赛亚一起去纽约观看歌舞剧《俄克拉荷马》，当晚住在同一家旅馆，以赛亚的房间紧邻着帕特里西娅和阿布勒的，隔壁房间里做爱的声音不断透过墙壁传入他耳中，让他一夜难眠。第二天早上结账时，他偷偷带走了旅馆房间的钥匙，终生都没有丢弃（同上，148—149 页）。

但在以赛亚一九四三年十二月十六日写给美国剧作家伯尔曼（S. N. Behrman）的信里，是这样表述的："我温顺地排着队，轮到我的时候，两张票匆忙地塞进我的手心，表明我的伙伴也没有来。之后，一连串更加复杂的不幸降临到我头上，包括大量长途电话、解释、眼泪，等等。"以赛亚在这里加了一句说明:“(这部分的叙述虽然不是真实,但也可以称其为非艺术的夸张。我对真相兴趣不大,打算略去不提。)”伯林书信整理者加了一条脚注说:“几乎可以肯定是帕特里西娅·德·本德恩。这也许是看完了《俄克拉荷马》的演出之后的事情,伯林在他的酒店一夜无眠,饱受隔壁帕特里西娅·德·本德恩与她的法国和古巴混血情人雅克·阿布勒所发出声音的折磨。”在这封信的最后,以赛亚说:“我的天,不过这真的是最痛苦而又最享受的一天,出于许多理由,我将永远都不会忘记。”(《以赛亚·伯林书信集 卷一 飞扬年华:1928—1946》,陈小慰、叶长缨译,译林出版社,2012年8月版,557—558页)

但这并不能让以赛亚对帕特里西娅的痴迷有所减弱,只是增加了痛苦。一九四四年年中,帕特里西娅的丈夫从意大利战俘营中逃出,逃到瑞士,发电报给妻子要她回英国相见。帕特里西娅回英国后继续给以赛亚写信,“这些信巧妙地让伯林保持在一种活状暂停式不省人事的痴迷状态中,让他对将来的一年抱着无望的期待”(《伯林传》,149页)。

次年二战结束,以赛亚回到英国。这时帕特里西娅正和丈夫分居，七月下旬的一个周末，以赛亚到她的乡间别墅共度周末，在草地上跳了一曲快步舞后，“她以迷人的坦率提出要和以赛亚结婚，这一次他发现自己终于可以说‘不’了。从跟她的感情纠葛中解放出来以后，他登上了一架飞往柏林的飞机”。《伯林传》在此处加了一个脚注说是“根据对伯林的访谈”，但从以后两人的关系看，以赛亚似乎并没有解放出来。

四

随后，以赛亚·伯林去了莫斯科，次年四月回到牛津。与帕特里西娅的关系，《伯林传》很简略地叙述了一下：

> 战后四年时间里，她继续和他保持着那种令他恨到极处又爱到极处的微妙关系。他在莫斯科的时候，她写来几封信，向他表达了相思之情，同时又卖弄风情地责备他用俄国的神秘把自己包裹起来；他回国的时候，发现她正深陷在某次新的罗曼史当中。……但是

每当他们俩在一起的时候，她很快就会跑到一个更性感的男人那儿去。这种情况变得让他无法忍受，他发现自己只有不再见她，才能够保持镇静。（282 页）

帕特里西娅给以赛亚的信不知道有没有留下，《伯林传》一封都没引用。但这一时期以赛亚写给别人的信里，还会提到帕特里西娅。这些信收在《以赛亚·伯林书信集 卷二 启蒙岁月：1946—1960》（陈小慰、叶长缨等译，译林出版社，2019 年 4 月版）中。

一九四六年八月十三日写给父母的信中，以赛亚说："我在巴黎过得很愉快……第二天又和几个美国人一道吃了午饭，其中包括德·本德恩夫妇，我和她的关系已经结束，目前和平相处，公开坦荡、心境平和，似乎什么也没发生过——伤口愈合后竟然一点痛的感觉也没有，真是奇妙。"（同上，17 页）当然这是为了安慰他的父母，他父母不赞成他对帕特里西娅的迷恋。书信整理者在此页加了一条脚注，说当时德·本德恩夫妇正在巴黎，伯爵是英国驻法大使达夫·库珀（Duff Cooper）的私人秘书，以赛亚只是路过巴黎。而帕特里西娅那时正迷上伯林的牛津同事、哲学家艾耶尔（A. J. Ayer）。

艾耶尔一九七七年出版的自传《部分人生》（*Part of My Life*）中，提到一九四六年在巴黎，“对一个以前在牛津有过一面之缘的英国女孩，怀有突然而狂热的激情，她已婚，有一个孩子，正怀着另一个，但她答应我，等她离婚，就会离开丈夫和我在一起。”（转引自《星期天电讯报》上Forbes的纪念文）这个女孩当然就是帕特里西娅，但这个计划并没实现，什么原因艾耶尔可能自己不会说，上文提到伯林书信的那条脚注透露：“艾耶尔那年年初同时与帕特里西娅和她的密友佩内洛普·菲尔金交往，这个秘密在两个女人交谈时穿帮。艾耶尔怪罪伯林背叛了他，伯林否认自己的责任，同时因为帕特里西娅与艾耶尔的关系结束而心中暗喜：‘我是无辜的，但我并不因此而生气，因为我依然爱着她。’”这是伯林晚年接受伊格纳季耶夫采访时说的，但伊没有写进《伯林传》。

一九四七年十月，帕特里西娅寄来一张明信片，劝他说话要三思之类，最后说：“我真的很想念你，希望有一日你能来和我们一起，我们开车过来，沿途悠然穿过几个很是美丽的小城。我爱意大利——无比热爱。”以赛亚在这张明信片上回了一封长信，写不下了又在一张碎纸上继续写，仍未写完。信中说道：“因为我对你无尽思念，成天长吁短叹，扰得鲍拉博士心烦。啊，我对你的思念比起你对我的，要深切多少？可你就是置之不理，有意与我作对……我的确生气，感觉受到背叛和抛弃。然而，我的不幸却是因为没能见到你，我的挚爱。”还说自己生活在白日梦里——“日日念叨自己很快就会幸福无比，只需稍费苦心，因为好事总是多磨。把同伴们都搞疯了——可至今尚未如愿，我的挚爱。”（《以赛亚·伯林书信集》卷二，70—71页）虽然在一开始就说“我不想保留这根蜇人的小刺”（指帕特里西娅寄来的这张明信片），但这封信还是没有寄出，可能另外寄了一封信。而这也成了伯林书信集里写给帕特里西娅的唯一一封残信。

五

以赛亚·伯林一九四五年下半年访问苏联几个月，对俄国思想和俄国文学兴趣大增，尤其喜欢赫尔岑与屠格涅夫。伦敦出版商哈米什·汉密尔顿得知后，建议他翻译几篇屠格涅夫的短篇小说。伯林在一九四六年五月中旬致汉密尔顿的信中说：

> 我想我很乐意翻译屠格涅夫的中篇杰作《初恋》，也相信它的确物有所值。你一定听说过这本书，大概150页的样子（我模糊记得）。这是屠格涅夫最感人、最抒情、最知名的一部作品，也是一部自传式的小说。我打算重译此书，不受任何旧译的影响。……加内特夫人曾经译过，但译得不好。如果你觉得可行请来信告知，我会开始认真准备。(《以赛亚·伯林书信集》卷二，第7页)

这里说的加内特夫人指康斯坦斯·加内特（Constance Garnett，1861—1946），小说家戴维·加内特的母亲，翻译了许多俄罗斯文学作品，早期中国翻译的俄罗斯文学很多是从加内特夫人的英译本转译的，汝龙译契诃夫，黄裳译屠格涅夫的《猎人日记》等都是，平明出版社一九五四年出版萧珊的《初恋》译本，也是根据加内特夫人的英译本并对照俄文本翻译的。

伯林的信里还提到“戴维·塞西尔应该会愿意为这部作品写序言，但我尚未跟他说起，只是在我们不时谈到时都很欣赏”，塞西尔是伯林的牛津同事，也是好朋友，伯林在《个人印象》一书中称他是“他那个时代最聪慧、最具魅力、最有才华、最令人愉悦、最机敏、最才华横溢的文学巨匠之一”（译林出版社，2013 年 10 月版，160—161 页）。后来塞西尔确实为英译本写了序言。

这一年十二月，伯林给出版商写信说，他会在一月底之前完成一部，四月底之前完成另一部。事实却是，完成的日期一拖再拖，原来说译两部后来也只译了一部，正如伯林书信整理者按语所言：“在学术界，这种拖延司空见惯。可到了翻译《初恋》，伯林便成了出版商的噩梦（并始终如此）：他的译文质量的确是高，但要拿到他的完稿却困难重重，因为他总是拖了又拖，出版的最后期限只能一次次半途而废。”（《以赛亚·伯林书信集》卷二，34 页）

到四八年九月，伯林还在向出版商解释自己“已尽其所能”，完成了译稿，但还要请他的助手协助整理，而助手正忙着别的事（同上，94—95 页）。这年十二月，伯林说自己整整两个星期每天对塞西尔施以威逼，终于拿到了“情真意切、文笔优美”的序言，他在给出版商哈密什·汉密尔顿的信里提出：

> 我想将此书献给“P. de B.”（她的身份对某些人来说一目了然，你就自己去想吧）。（同上，118 页）

但是，出版商回复他说“没有资金也没有空间”安放献辞。伯林向助手透露，献给 P. de B.，“这是我此次翻译最初的动力”（同上，128 页）。他给出版商回了一封晓之以理、动之以情的信，先是说“译者题献向来司空见惯，从勒墨脱斯到斯科特－蒙克里夫（他甚至写了一首诗作为献词），以及早期的屠格涅夫译本——显然不是指加内特夫人……”（这里提到的前一位是《堂吉诃德》的英译者，后一位是《追忆逝水年华》的英译者），随后写道：

> 我心境凄凉，你的铁石心肠更会让我一头跌进绝望的深渊之中。你已成功地让我收回了其他（毫无疑问愚蠢的）建议，但这最后一点既合情合理又微不足

> 道，只需在左手页——必不可少的标题页的反面——写上一些话就成，即便书的前后没有空白页也无关紧要。（同上，130页）

说得如此卑躬屈膝，出版商很难再拒绝了。一九四九年六月十日，伯林写信问朋友："这本译著献给帕特里西娅·西比尔·德·本德恩夫人，这么做没错吧？"还说他给帕特里西娅"写过明信片，要她关注《初恋》中的某个部分——如果你见到她，一定要提醒她"（同上，167页）。

伯林英译的《初恋》终于在一九五〇年五月出版了。果然在他说的那个位置排了一句献辞。

六

读过屠格涅夫《初恋》的读者，应该很容易理解伯林何以会选择翻译这部小说。

一个十六岁的少年（作者本人），一厢情愿地爱上了邻居一个比他大的女孩，这个女孩虽然身边围着一圈年轻绅士，但她的心却另有所属。有天夜里，他发现女孩爱着的人居然就是自己的父亲，而他父亲居然用马鞭抽打了女孩的手臂，而女孩居然“默默地看了父亲一眼，慢慢把手臂举到唇边，吻着手臂上发红的鞭痕”（《屠格涅夫中短篇小说集》中册，萧珊译，人民文学出版社，1992 年 3 月版，183 页）。

究竟是伯林读到小说的这段情节，想起自己在纽约宾馆里听着自己心爱的女人与别的男人在隔壁做爱的声响一夜难眠，还是在纽约宾馆的那个夜里，想起《初恋》中少年看到的这个场景？我们无法揣测。但小说中少年幸福而痛苦的心情，几乎就是伯林自己的感受——“只要这些秀美的手指敲一下我的前额，我愿意马上抛弃人世间的一切。”（同上，116 页）“我说过，我的热情从那一天开始，我还可以加一句，我的痛苦也是从那一天开始。”（同上，139 页）“我心灵里所有的花朵一下子全部摘下来，丢在我身边，散在各处，任人践踏了。”（同上，117 页）“我不希望将来我再有这样的感情；然而，要是我一生不曾有过这样的感情，我就会觉得自己是不幸的了。”（同上，180 页）小说里的少年心事，正是伯林的心声。

书中第七章有这么一场，少年与五个青年绅士同女孩

英译《初恋》弗瑞兹·韦格纳插图

玩“摸彩”游戏，每个男士发一张票子，女孩是给奖人，谁拿到“幸运”的票子，就能吻女孩的手。少年拿到的票子上，天啊，写的是“接吻”两个字。“女孩两眼发亮，柔媚地望了我一眼，我的心……”伯林后来回忆说，这是整本书里最难的一处翻译，伯林告诉他的助手，“我的心扑扑直跳”是纳博科夫先生的建议。据书信整理者的脚注，伯林显然不满意纳博科夫的建议，又写信给助手要求改成“我的心瞬间无所依靠”，但在正式出版的书稿中，这句话变成“我的心几乎要跳出来”（《以赛亚·伯林书信集》卷二，148页脚注）。

《伯林传》里也说到了这句话的翻译（283页），这里引用董桥在《耳语》一文中的复述，伯林翻译这句话时征求女助手的意见：“深情的一眼引来对方第一次的回眸，应该说你的心 turn over（神魂颠倒）还是说你的心 slipped its moorings（心里没主）？译本最后用的是 my heart leaped within me（我怦然心动）。”（《从前》，香港牛津大学出版社，2002年版，26页）

查阅手边的伯林英译《初恋》，一九五〇年初版这一句是：“my heart slipped its moorings”，一九五六年再版时改为：

“my heart missed a beat”（我的心暂停了跳动）。

不知道加内特夫人的英译用了什么词，萧珊的中译直接就是“我的心跳起来”（《屠格涅夫中短篇小说集》中册，132 页）。

七

不管是《伯林传》，还是伯林书信集，都看不到《初恋》出版后帕特里西娅的反应。而伯林自己，就在《初恋》出版后一两个月，爱上了一个好朋友的妻子，并在四十一岁那年有了第一次性生活。几年后，伯林的感情又转移到另一个女人身上，也是伯林同事的妻子，他在一九五五年十一月写信告诉他母亲：“我正在幸福地恋爱着。这是一种极其惊人的情感，它与我和帕特里西娅长期的纠缠不同，当时我们的关系狂热而可鄙，同时还歇斯底里……”（《以赛亚·伯林书信集》卷二，874 页）这一次有情人终成眷属，两人于一九五六年二月结婚，这一年伯林已四十六岁，从此过上了幸福的后半生。

也就在这一年，哈米什·汉密尔顿重版了《初恋》单行本，并请画家弗瑞兹·韦格纳（Fritz Wegner）配了插图。

但是，那句献辞却不见了。

以赛亚终于摆脱了帕特里西娅，结束了那段初恋。

帕特里西娅依然风流不断，又和著名的时尚八卦记者阿利斯泰尔·福布斯（Alastair Forbes，就是《星期天电讯报》上写纪念文章者）、贵族雕塑家赫尔曼（“马诺”）·霍纳克（Hermann “Marno” Hornak）发生过恋情，一九五〇年与德·本德恩伯爵离婚后，一九五二年嫁给了后者，这段婚姻维持到一九六〇年。帕特里西娅于一九九一年一月二十一日去世，终年七十二岁。

《初恋》出版后，帕特里西娅渐渐淡出伯林的生活圈。一九五七年六月，伯林受封爵士，因为“伯林没获得过什么荣誉，这使得帕特里西娅夫人认为伯林受封爵士是因为其‘非凡的谈吐’（信的日期不详）”（《以赛亚·伯林书信集》卷二，1008 页脚注）。

伯林晚年，每天细读《泰晤士报》，最关注的是讣告版，曾感慨说：“到我这样的年纪，所做的一切好像就是参加葬礼。”有一次他读到的讣告是他爱过的女人，他的目光在她的照片上流连，说道："她虚伪至极，虚伪至极，可是又可爱至极。"《伯林传》加脚注说明："他指的是帕特里西娅·德·本德恩。"（《伯林传》，第3页）伯林接受迈克尔·伊格纳季耶夫采访时，还说了更多，但《伯林传》很厚道，只引用了部分，《伯林书信集》卷二后附"重要人物生平"，在介绍帕特里西娅时引了更多伊格纳季耶夫采访录音：

> 她放荡不羁；满口谎话，是天字第一号说谎精。没有一句是真话，我是说她随时随地都可以瞎编一气。……她谈吐机智……直截了当说出自己的观点，毫不忌讳。她为人挑剔，特立独行。绝不是一般意义上的社交女郎。……她热情似火，发自内心。喜爱读书，得趣其中，极具悟性；同时对绘画和音乐也心有灵犀。她最欣赏巴赫的无伴奏大提琴奏鸣曲，评论起来头头是道，如行云流水。换言之，这个女性非同寻常。（《以赛亚·伯林书信集》卷二，1349页）

这可说是以赛亚对帕特里西娅的盖棺定论。这样的女人，当得起伯林把《初恋》献给她。

一九四六，容庚“被迫南下”

《容庚北平日记》（夏和顺整理，中华书局，2019年5月版）起于一九二五年一月，讫于一九四六年二月二十六日。最后两天的日记如下：

二月二十五日，星期一：“抄《画目》。下午访顾正容、孙海波。接顾通知，二十七日上午七时半与白崇禧同航班往重庆。饶引之请晚饭。”

二月二十六日，星期二：“早访乔振兴、顾正容、徐宗元、朱鼎荣、孙海波、林志钧。收拾行李。”

次日，容庚离开了寓居二十四年的北平。

容肇祖所撰《容庚传》这样解释容庚离开北平：“容庚在抗战胜利后，因发表‘万言书’，抨击国民党政策，表示自己的爱国热情，致一度受到大学的停聘，被迫南下。”（见曾宪通编《容庚杂著集》，中西书局，2014年10月版）说得笼统而含糊。

一

一九四五年八月抗战胜利后，九月份当局便任命胡适为北京大学校长。胡适当时还在美国，由傅斯年代理校长。“傅斯年的政策是将所有在‘伪北大’时期积极服务的教员驱逐出北大。”（王汎森著《傅斯年：中国近代历史与政治中的个体生命》，三联书店，2012年5月版）傅斯年四六年一月七日给太太的信中说：“实在说这样局面之下，胡先生办远不如我，我在这几个月给他打平天下，他好办下去。”（转引自台湾联经版胡颂平编著《胡适之先生年谱长编初编》第五册1923页）

根据容庚《颂斋自订年谱》，他和弟弟容肇祖于一九二二年六月到北京，一九二六年接聘为燕京大学襄教授，至一九四一年底日美宣战，日本宪兵接收燕京大学。一九四二年四月二十一日由北京大学聘为教授，讲授甲骨文、金石学、文字学概要、说文四门课程（《容庚杂著集》，37页）。按傅斯年的政策，容庚自然也在被驱逐出北大之列。《容庚北平日记》记得非常简单，这一段时期并没有在日记中明确提及“被驱逐”事，一九四五年十月廿四，“下午至北大授课，学生属为《新生命》月刊作文。归草《与北大代理校长傅斯年先生一封公开信》"。廿五日"续写前信"，廿六日"早写前信"，"下午访徐宗元，同访王桐龄，托其将信转与《华北日报》发表"。三十日又"早访钱稻孙，属代致傅斯年信"。十一月七日，"《正报》登载余《与傅斯年一封公开信》。"

容肇祖说的"万言书"应该就是这封公开信。这封信后来收在《胡适来往书信选》（中华书局，1979年5月版），附在全汉升一九四六年一月十五日给胡适的信里，说是他"近日接到国内友人寄来两篇有趣的文字"。上世纪八十年代末，邓云乡先生就推荐我读了这封信。信中有这么几句至今印象深刻：

> 沦陷区人民，势不能尽室以内迁；政府军队，仓皇撤退，亦未与人民内迁之机会。荼毒蹂躏，被日寇之害为独深；大旱云霓，望政府之来为独切。我有子女，待教于人；人有子女，亦待教于我。则出而任教，余之责也。策日寇之必败，鼓励学生以最后胜利终属于我者，亦余之责也。……

云乡先生正是“伪北大”的学生，“曾受教于先生一年”，说当年读了容庚的这封“仗义执言”的信，大家都深为感动。后来在《文化古城旧事》一书中回忆容庚，提到这封信，还说“驳得傅氏无言以对”（中华书局，1995 年 1 月版，284 页）。

二

事实上，傅斯年完全没有被说动。王汎森在他那本著作中说：“容庚在报纸上发表了一个请愿书，呼吁对曾在日本人控制的北大服务过的教员实行宽大处理。傅斯年马上发表了两个声明捍卫他的政策，指出北大在 1937 年已经制定了一项政策，鼓励全体教员迁移到南方。而且，几乎所有的‘伪北大’教员最初都不在北大教书，所以聘请他们是完全错误的。此外，傅斯年更相信，他的责任是坚定维持忠诚原则，以此为后代树立一个不折不扣的榜样。”（《傅斯年：中国近代历史与政治中的个体生命》，三联书店，2017 年 1 月版，205 页）

从日记看，容庚他们还拟过一份“宣言”。一九四五年十一月五日：“早至学校，未授课。开各院校教职会联合会议，推余为《宣言》起草员。下午起草《宣言》，底稿傅仲涛所作。”六日，“携《宣言》至校，访瞿兑之，属其润色。”七日：“至学校，开起草《宣言》委员会，通过发表，余所作者十之七，傅、瞿所作者十之三。”八日：“早至学校，商《宣言》排印事。”但这之后，日记中不见提及《宣言》事，不知详情如何。

夏鼐日记一九四七年十月十六日后，有一段一九八二年三月六日的补记：“抗战胜利后，北大复员，凡任职伪北大者皆解职，学生要加甄审后始分发。容氏不服，草《与北京大学代理校长傅斯年先生一封公开信》，并闻曾鼓动伪北大师生要闹风潮，但傅氏仍坚持原议……”（《夏鼐日记》，华东师范大学出版社，2011 年 8 月版，卷四，150 页）

可见，当时容庚在这件事情上比较投入。这前后，他还写过一篇《论气节》，十一月十一日，“三时起，写《论气节》一文”。十二日，“早写定《论气节》一文”，“晚至《正报》访王钟麟，言吾文不能再登，盖于七日登吾《与傅孟真信》大受责备也”。十三日，“早钞《论气节》文二份，拟寄重庆《大公报》，未寄”。

一九四五年十二月三日，“早往北大，讨论傅斯年谓北大教职员为附逆不能再用事”。十二月五日，“早与教职员代表访李宗仁行营主任，约下午三时相见。下午复去，由参议董某先接见，态度甚诚恳”。六日，“揽镜自照，消瘦得多，决自今日起摆脱学校一切事物，除上课外不复多管闲事矣”。就在这一天，戴笠奉北平行营主任李宗仁之命，逮捕了王克敏等敌伪高级官员，周作人也在家中被捕。

当年十二月三十日日记中有“虽失去北大教席”的话，显然所有的努力都没起作用。一九四六年一月十六日，“至北大，支遣散薪两月，联币五万〇二百元”。随后，“由李宗仁介绍至广西大学任教授”，日记中多有记载，最后在二月二十七日离开北平，先飞重庆。

三

容庚到重庆的第二天就去见了傅斯年。《夏鼐日记》一九四六年二月二十八日，“往谒傅先生，适容希白亦在

座，傅先生以其附逆，大加责备。”（《夏鼐日记》卷四，27页）

当年态度和傅斯年一般激进不放过容庚的还有罗常培，他在一九四六年四月二十四日给胡适的信中说：“听说容庚已到广西大学教书，我们倒要问他：‘日寇已败，何劳跋涉’？可谓无耻已极！现状如此，难怪孟真嫌太宽容，将来叫北大怎么办？”（《胡适来往书信选》，下册）容庚给傅斯年的公开信中有“庚独恋于北平者，亦自有故：日寇必败，无劳跋涉，一也……”所以罗常培有“日寇已败，何劳跋涉”之责问。他说太宽容，可能指郑天挺和陈雪屏，他们俩受教育部委托，前往北平接收大学。罗常培在给胡适写信的同时，也给郑天挺写了信。郑天挺一九四六年四月二十七日日记说：“作书致莘田（即罗常培），日前来函以闻伪文学院教员徐祖正、容庚、郑骞留用，责雪屏及余过于宽大，诮让甚厉，遂以来时无人相助，不能不参用旧人，徐因赵光贤言其在班上攻击日本，郑则因余让之言其学问尚好，故均留用之故告之。……”（《郑天挺西南联大日记》，中华书局，2018年1月版，1169页）

作为北大校长，胡适对这件事什么态度，似乎未见记载。陈之藩先生曾跟我说过，当年有人去胡适那里抱怨傅斯年代理北大校长的偏激政策，胡适没表态，而是捋起袖子，让客人看他的很细的手臂。客人也就不忍心再打扰他了。

容庚一九四六年四月到广西，“后因校务停顿，无课可上，乃离桂林。七月四日广州岭南大学送聘书来，应聘为中国文学系教授兼主任”（《颂斋自订年谱》）。

一九四七年十月，中央研究院讨论院士名单，十六日“首讨论及参加伪北大者是否除名，以仅容庚一人，故决定不放进”（《夏鼐日记》卷四，150 页）。

天风阁临帖学画记

方韶毅先生寄来他编的《夏承焘墨迹选》（下文简称《墨迹选》）。观赏之际，想起曩年读天风阁日记时，曾摘录了瞿禅临帖习字学画的内容，因检出笔记，稍加整理，以助谈资。

一

夏承焘已刊日记，起于一九二八年七月廿日，讫于一九六五年八月三十一日。

从已刊的日记看，瞿禅计划习字，可能起于一九二九年六月四日：

> 杲明劝予学字，谓此亦谋生一道，拟买鉴古阁本石鼓文临之，先从篆及行草（千文、书谱、圣教序）

入手，再学大字文殊经，日费半小时行之。

这是习字设想，日记中并未见具体实施，正式记载临帖，是从这一年的七月六日开始："灯下临千字文及书谱四五纸。"七日又记"临书谱"。

以后或许没记，或许没写，要到三一年三月五日，日记才又记："午后为春渠书一诗屏……学书素未加苦功，又不可却，甚苦之。"

从一九三二的六月七日"临石斋手札"开始，瞿禅断断续续临写黄道周法帖多年。从这本《墨迹选》也可以看出瞿禅早年书迹，石斋味很重。他临写石斋字还得到余绍宋的赏识，余请人转告瞿禅："石斋楷法得于锺元常，草法得力于皇象、索靖、右军者为多，而于月仪、十七诸帖尤三致意。"（1932 年 7 月 14 日、15 日日记）

集中临黄石斋字，以一九三八年五月后为多，日记中不时有"临黄漳浦字"、"临黄漳浦字二张，似有进步"、"午后临石斋字数张，藉以安心"、"终日临黄石斋小楷榕坛问业"；此后数月，"临黄字"、"学黄字"、"临黄石斋孝经"、"临石斋逸诗"不断。此前不久的四月，瞿禅临过几

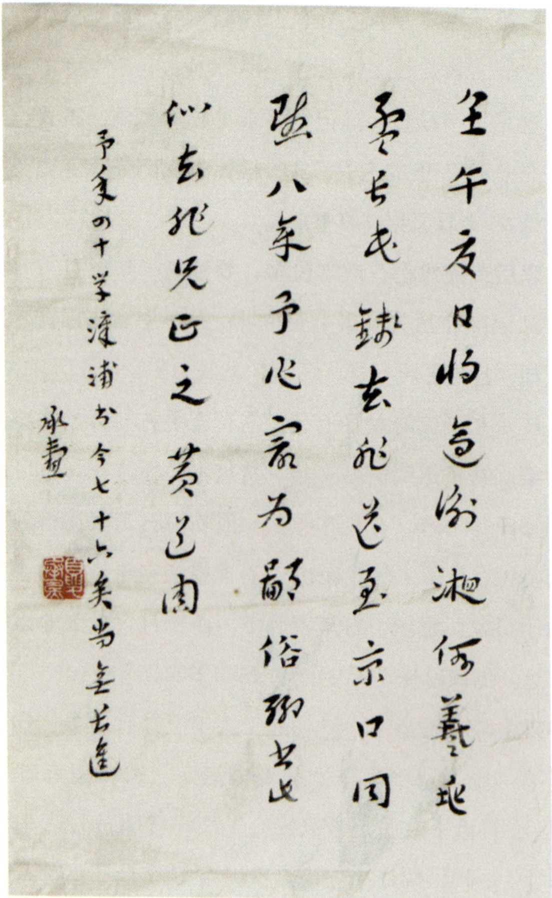

夏承焘晚年临黄道周字（选自《夏承焘墨迹选》）

天李北海。这年十月三日在上海世界书局购得山谷书中兴颂诗、松风阁诗等之后，“自嫌作字太弱，欲以山谷疏放者药之”，于是临写好几天“山谷中兴颂大字”，同时继续临石斋。他的书法家朋友王蘧常跟他说这两家“不可同时兼临”（1938年11月14日日记）。

此后，依然临石斋字居多，并不断有心得。一九三九年四月十五日：“临石斋王忠文祠记”；五月二十八日：“黄石斋书，甚难形似，午后临二纸，殊心灰”。一九四〇年六月二日：“临石斋字，始悟当用圆笔”；十月二日：“连日临石斋字，似有进境”；十月三日：“临石斋字。拟拆开笔画学之，每日学一横或一直，并参其正草各体，悟其运笔曲折。临黄书六七年矣，迄不能似”。一九四三年四月三日：“以羊毫临榕坛问业，恰到好处”；十一月十三日：“近年学字，茫无畔岸，仍欲返临石斋”。一九四七年四月十二日：“临石斋张天如墓志一纸”；七月廿九日：“临黄石斋手札便面三页”。

但同时，瞿禅常常移情别恋，不断换帖临写。一九三九年十一月十五日，“借曹全、韩仁、礼器三拓本来，共四册。日来偶欲学隶书也”，次日开始临礼器碑。一九四一年六月十三日：“夜为鼠扰，起临西狭颂”。

一九四二年十月六日，“重临西狭颂，渐能形似”。随后又开始临曹全碑，一九四三年六月，连续数日，每天写曹全，六月廿八日：“心绪懒散，惟临曹全碑消遣，不求字工，易得乐趣”。七月一日，瞿禅弟子任心叔“谓（曹全）太柔媚，劝仍学西狭颂。予欲融二者为之，恐不能成体”。而十一月十日又重临礼器：“夕，始临礼器碑，比西狭颂易得形似。心叔则谓礼器与史晨皆甚难。须用篆法写”。一九四四年常临礼器碑，四月三十日：“临礼器碑半页。包慎伯谓：学字不可多。予意：每碑有二三十字结构笔法烂熟在胸，即能神明变化矣。”一九四五、一九四六年日记中临帖的记载，多是临礼器碑。一九四六年二月四日，“借心叔十二砖文，临写二纸，此为平生初学篆书”。前面提到瞿禅习字设想，从篆及行草入手，而要到这时才开始写篆字，从日记看，也就两三天记录写篆字。

颜真卿也是瞿禅花过工夫临写的。一九四三年五月二日，“学生持谭组庵书麻姑仙坛记来，为临二纸。昔年在长安一度好临颜书，无所得也”。一九四六年七月十一日，“于心叔处借得颜真卿中兴颂，灯下临数十字，神为之旺”。一九四七年一月二日，“为学生写大字屏幅二大张，临真卿中兴颂”；一月七日，“为学生写立轴数页，临颜真卿中兴颂。学生喜予小字行草，以颜书正字为丑拙。此亦关系年龄，少年所好在流走见才气者，故甚赞予粉笔草书”。这年七月，又返临山谷，七月八日，“临山谷浯溪碑三幅”；十五日，“为书常友人书屏条七八幅，皆临山谷中兴颂诗，爱其恢张，可药软靡之病”；廿一日，“为徵泺写字一幅，临山谷中兴颂诗。黄书开展奔放，几如石门颂。往年曾学真卿、石斋、西狭颂，拟合并几家习之，祈自成一体”；九月四日和八日，都为友人写字，临山谷中兴颂诗。十一月九日，“临山谷中兴颂。心叔谓予不宜于临黄书”。一九三八年四月有一阵，日记中每天有“临李北海书数十字”的记录，一九五〇年九月七日，又“临云麾碑消遣”。

一九四五年四月三日，瞿禅在友人处看到文嘉跋褚临兰亭，一见钟情，便借回临写了一阵，四月十一日，“早为若佛写一直幅，见者谓予字又变，以近来日临王伯穀文休承也”；五月八日，“临文嘉兰亭跋，觉小字有进”。一九四八年十月三十日，瞿禅购得中华书局出版的几种字帖，“予最爱虞书破邪论、宋仲温临书谱二种”，接着几天都在“临破邪论”。一九五〇年后，日记中偶有临帖记录，三月八日“临宋仲温书”，五月十三日“临宋仲温书陶诗”。

今人中，瞿禅临过沈曾植和马一浮。一九三七年五月十一日，“为各友人临沈寐叟字五六幅，颇倦”。一九三二年五月三日，从“锺山处借得马一浮写横幅，爱其超逸，挂壁间临之”，五月八日“夜摹马一浮书”。四二年九月四日，“临湛翁字”；一九四三年二月廿七日，“临马湛翁古梓行，从晓沧处假得”；此后数日，每天临写。但任心叔曾对他说：“写沈寐叟、马湛翁，不如写石斋，不如写右军圣教。”（1947年4月3日）

日记中还偶有记录临东坡、临月仪帖、临王献之、临十七帖等。

一九五〇年，瞿禅五十，临帖习字二十多年，他在三月十六日的日记中做了一番总结：“自念数十年来习书，由褚河南圣教、颜平原郭家庙、砖塔铭，转入黄漳浦、黄山谷，不能专主一家，遂一无所就。近颇爱宋仲温，思兼参云麾，学汉隶，于礼器、石门颂、黄龙、史晨，偶亦临摹，亦终不到，由笔力弱也。”

从临帖习字历程看，瞿禅真可谓热衷临帖的书法爱好者。至于其书法境界，郑重先生为《墨迹选》写的序言中说:“表里皆禅，落花深处，池塘春草，生姿自然，给人留下的只是满纸的清气了”，自是不刊之论。

二

一九五七年一月九日上午，夏承焘在王季思等的陪同下登门拜访了陈寅恪。陈寅恪“谈近治柳如是遗事甚详”，夏瞿禅告诉他杭州高野侯家藏有原印本柳如是与汪然明尺牍。“寅公大喜，属予必为代求”，瞿禅在当天的日记中写道。

回杭州后，瞿禅就去打听，得知这本尺牍高家借给北京的沈蔚文（沈钧儒之弟），夏二十二日写信给王季思，附一笺给陈寅恪。二十九日就收到陈寅恪的航空信，“属托伯衡先生为估价柳如是尺牍”。夏当晚给陈伯衡写信，希望他催促沈蔚文早日寄还。三月二十五日，张慕骞“携到高野侯先生所藏柳如是尺牍及湖上草一册并散页题咏十六页，谓女主人甚矜贵，此书非数十元所能办”。夏当即函告陈。四月二日得陈航空信，表示想买尺牍，最高愿意出一百元，嘱代询高家。四月八日，周采泉告诉瞿禅，“昨晤高野侯家人，谓柳如是尺牍决不出售”。夏马上航空信告诉陈寅恪。四月十七日得陈复，嘱校柳如是尺牍五六条。两天后夏就校好寄去。四月二十八日，瞿禅“临柳如是像二张，以尺牍湖上草托慕骞还高家”。一九五八年一月十九日，瞿禅写信给王季思，附一笺给陈寅恪，并把他临摹的柳如是像送给陈，另一张送给了王。二月一日王季思回信，说陈寅恪问前寄柳如是像何人所画。

夏瞿禅临摹的柳如是像收在周书田、范景中辑校的《柳如是集》（中国美院出版社，2002年3月版）的书前，画像右上有夏题词：“从高氏梅王阁摹得柳如是象呈寅恪先生”。这张临摹之作，方韶毅编的《夏承焘墨迹选》没有收入。《墨迹选》收录几幅夏瞿禅画的荷花、松竹，其中一九四六年一幅《西湖荷花图》，有款：“西湖扶渠盛时戏作。卅五年六月，慕骞兄哂正，瞿禅”。这张图，夏的日记中有记录，这年六月廿五日：“夕画荷一张，为慕骞取去。”这位慕骞就是上面提到后来从高家携来柳如是尺牍的张慕骞。

从日记看，瞿禅学画荷花比较早，一九三九年八月六日，“灯下玩绮琴画，忽动兴欲学，挥成花叶金鱼数纸”。几天后的十三日，“学画荷叶十余张”；十四日，“终日画荷花数十叶，仍不似也”；十五日，“画荷二张，甚自喜。午后绮琴来，嘱其画一荷一水仙”。这似乎是日记中习画的最早记载，时夏在上海之江大学任教。绮琴姓徐，温州同乡，正跟马孟容学花鸟画、跟瞿禅学词。

一九四一年，夏仍在上海任教，一月十八日日记写道：“上午学画荷花。悬徐佩琛女士所贻画幅为范本。”二十一日，“学画荷花数十纸。临睡合眼，浮花满目，乱梦甚多，又用神过度矣”。二十四日，夏与严古津（《墨迹选》中《里湖藕花图》即为其所画）同去拜访老画家胡汀鹭，观赏顾贞观、纳兰性德词笺之余，“予问画荷诀，辄铺数纸为予画初开至衰落各形态。谓枯荷最易好，所谓略工感慨足名家也”。此前不久，瞿禅读陈弢庵《沧趣楼诗》，里面提到黄石斋画松如其人，那段时间正好在临石斋字，“颇思求其遗迹，予亦欲以此遣兴也”（1940年10月2日日记）。那天见到胡汀鹭时，“予问黄石斋画松，云未尝见。谓明人多能画，周顺昌所作亦极工”。此后数日，习画不辍，二十七日，“学画荷叶及八大山人老鸭”；二十八日，“画鸭数幅”；

夏承焘为严古津画《里湖藕花图》

二十九日，“画荷三四页”。这年六月二十九日，翻阅金石书画，“有归元恭诸人画竹。明钱塘鲁得之（孔孙）临九龙山人风竹一页，尤有神致。把笔临之，亦甚自憙。学荷未成又画竹，恐终无一成耳”。

之后几年，日记中几乎不见习画记载，一直到一九四六年六月画了一张荷花送给张慕骞，然后连续几天都在“画荷六七张”，“学画松”，“画荷”，“为临齐白石一小帧酬之，此平生画树石第一幅也。终日画荷”。一九四六年七月廿七日，陈从周自硖石来，瞿禅留他午饭，“教予画荷松”。

一九四七年一月十九日，“临遐庵画竹，仍较荷松为易”。九月一日，瞿禅还画了一张荷花送给当时化名张嘉仪的胡兰成。九月二日，夏的好友吴鹭山请他“临项圣谟（易庵）荷花三帧，并嘱题诗。谓项氏此帧，好在能静”。十月二十日，瞿禅借得几册故宫所印画本，“灯下临清释目存山水二帧，草草不能形似”。一九四九年一月二十四日，在好友陆维钊那里见到郑振铎印的域外画集，“临伊墨卿画鹤一页，欲学此为献寿应酬”。

一九五〇年八月廿六日，瞿禅已在杭州，“晨坐孤山路，为荷花写生，归画六七幅，有二三幅较得意，拟持与宾虹先生评之”。次日上午，“又画荷三四张，自讶有进，以渐能自由生发也”。再次日，他就拿着所画荷花去请教黄宾虹。黄宾虹跟他说了一番作画原理：“作画笔法先求能平（如锥画沙，一波三折，东汉隶法），次求能圆（如折钗股），次求能留（如屋漏痕），次求能重（如高山堕石），最后求能变（点不能变，如布棋子；横不变，如布算），此皆通于书法。又谓须知勾勒法，积点成线法。”

瞿禅习画，一为消遣，二为应酬，能得形似就可以了。就像《墨迹选》中那幅《松竹双清》，“献寿应酬”，足矣。

来燕榭藏本《印存玄览》浅识

熟悉来燕榭藏书的读者都知道，一般而言，哪本书上黄裳先生钤印越多、题跋越长，就是他越喜欢的书。

胡正言的这本薄薄的《印存玄览》残册，在来燕榭藏书中称不上白眉，但却是一本好玩的书，黄先生前后钤了十三方印，五次题跋，可见他对此书的重视和喜爱。

以《十竹斋画谱》和《十竹斋笺谱》闻名的胡正言，字曰从，号次公。明万历十年（1582）生，清康熙十一年（1672）去世。原籍休宁（今属安徽），从祖上迁居南京。明清之际书画篆刻家、雕版印刷家。关于他的生平和艺术成就，前人论述很多，不必赘言，这里只引郑振铎先生的一句话，他称“十竹斋所镌《画谱》《笺谱》尤为集其大成，臻彩色木刻画最精至美之境”（《重印十竹斋笺谱序》），评价极高。

作为篆刻家的胡正言，光芒不如他所刻印的十竹斋二谱，但在当时也是被推重一时的。他的篆刻，有《印存初集》钤印本传世，据智龛（郭若愚）先生在《十竹斋主胡正言》一文中说，“《印存初集》正式刊行于一六四七年，时六十四岁。到了一六六〇年，七十七岁时，胡正言和他的两个儿子其朴、其毅又刊行了《印存玄览》四卷，印章亦用木刻墨刷，精妙绝伦。”王贵忱先生翻阅了郭若愚先生的藏本后说“此帙书版施重墨如漆，纸墨晶莹，甚为别致，与木刻墨刷《欣赏编》本王厚之《印章图录》和顾氏《集古印谱》有霄壤之别，刊印精审之至，把玩爱不释手，同钤印本《印存初集》有异曲同工之妙”（《胡正言所刻图书简述》）。两位鉴赏家分别用了“精妙绝伦”和“精审之至”来评价《印存玄览》的刊印，应该说是非常高的。

来燕榭所藏《印存玄览》仅存卷一，黄裳先生于“癸巳夏至后二日”（一九五三年六月二十四日）得于沪市。当天写跋说：“近余久不购书，旧日所得亦皆束之高阁，颇厌此事矣。今晨偶趁车过市，乃忽遇此，立挟之归，似此冷淡生涯仍未能离我以去者，是又重可慨矣。”黄先生择书藏书一贯的特点是只要有价值，就不弃丛残。这本残册系黄先生当年“久不购书”后的重新开张，则别有意味。

书末有黄先生朱笔题写：“甲午芒种前一日装竟。”这是

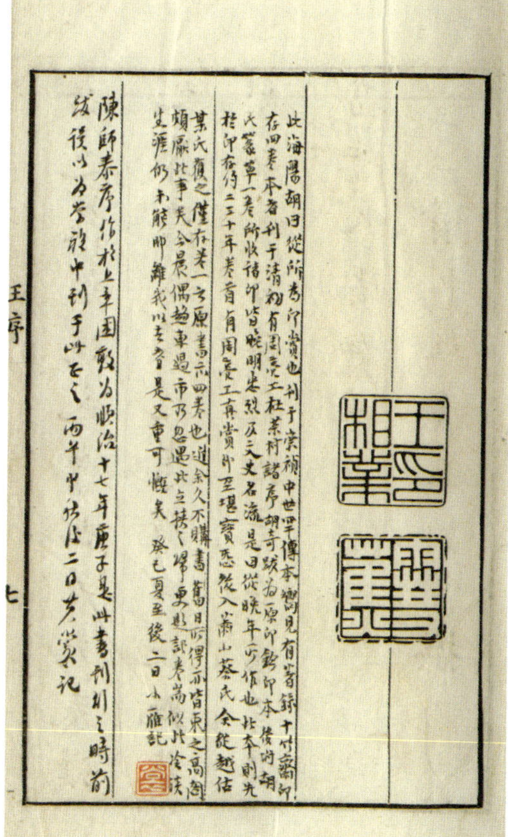

《印存玄览》黄裳题跋

印存序

吾友胡曰從氏所爲金石古文之書既成命曰印史有日矣既而見昔有是名也謀所以易之于雪蕉子雪蕉子曰是宜名印

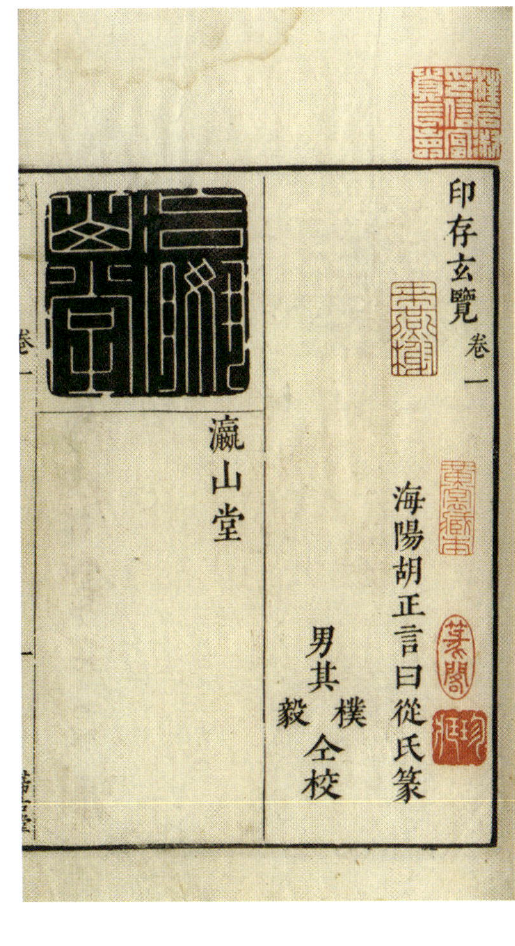

印存玄覽　卷一

海陽胡正言曰從氏篆

男其樸
　　毅仝校

瀛山堂

昨非菴主人

坐花醉月

甲午芒種前一日裝竟

卷一終

得书的第二年一九五四年六月五日。黄先生请装池高手重新装订过，前后加了白宣纸，磁青纸包封，封面没有题签。

第三段跋写于“丙午中秋后二日”，即一九六六年十月一日。订正前段题跋误记“刊于崇祯中”，应为“顺治十七年庚子”，即一六六〇年，与智龛先生所说一致。

第四段写于“得书后十又九年，高秋佳日”，即一九七二年秋天。这段题跋较长，小字密密麻麻几乎占了一页，详细论述了胡正言印谱的流传情况，凡四种，三种为钤印本，惟此为刊本。黄先生在题跋中写道：“曰从治印，垂五十年。启祯以来，大人先生，清流文士，往往皆存姓氏于其间。甲申以还，世变大亟，江湖魏阙，泾渭判然。其在旧人，不能无憾。遂别成此《玄览》一书，所以志缟剑而存龟镜，麟图鼎铸，非玩物丧志于天翻地覆之日也。”

这本《印存玄览》卷一，总三十二叶六十四面，前面十四叶为王相业、陈师泰和纪映钟序，皆手书上版，黄先生在《清代版刻一隅》中称“雕椠精绝”；其后十八叶三十六面，收入印章七十一方（除第一面只收一方，其余均每面收两方），每方下附释文，既有名章如“袁宏道中郎氏”“杨嗣昌印”“陈名夏印”等，也有堂号印如“糜公”、

"晚香堂印"（均为陈继儒号），还有"学书学剑""循吏名臣愧表扬""坐花醉月"等闲章。

黄先生在跋中评论说："曰从治印，纯是晚明风气，与张夷令《学山堂谱》所谓风调正同。刀法失之于太工，笔端每沦于板滞，然镌本之精，则并世无两。十竹斋中雕版绝业，足与《笺》《画》二谱鼎足而三，是可重之又一事也。"这个评价与后来郭若愚、王贵忱先生的看法完全一致。

跋中还说："此册前有栎园一印，赖古堂中视为长物。"来燕榭这个藏本最让人眼睛一亮的是这方钤在序言首页上方的"周亮工真赏印"白文方印。胡正言的《印存初集》有周亮工的序言，这本《玄览》没收。智龛先生的那篇文章引了周亮工写胡正言晚年的几句话："今八十八岁，神明炯炯。犹时时为人作篆籀不已。"正文首页上方有"汪启淑印信富贵长寿"白文方印，其他收藏印还有"篆阁"朱文腰圆印、"珍藏"白文方印、"蔡氏书印"朱文方印、"祖州审定真赏"白文方印、"陆士宝秘"朱文方印、"金石文字之交"朱文长印等，均不知为何人。

第五段题跋写在书前添加的白宣纸上，写于"癸丑九秋”，也就是一九七三年秋天。黄先生读到康熙刻《吕晚村家训真迹》中一段记载，康熙十五年（1676）吕留良让儿子公忠去金陵卖所选时文，嘱咐他要拜访的人中，就有胡正言的儿子胡静夫（其时胡正言已去世）。这段题跋与《印存玄览》关系不大，只是由胡正言十竹斋牵连的掌故。

黄先生在这本《印存玄览》中钤了十三方印，计有“黄裳”朱文方印、“容家书库”白文方印、“裳”白文小方印、“黄裳”朱文方印、“朱光耀”朱文方印、“草草亭藏”朱文长印、“木雁斋”朱文方印、“黄裳青囊文苑”朱文长印、“来燕榭”朱文长印、“黄裳藏本”朱文长印、“来燕榭珍藏记”朱文长印、“黄裳小雁”朱文方印、“黄裳藏本”白文方印。

据《全国古籍善本总目》，国家图书馆和南京市图书馆藏有《印存玄览》；郭若愚先生也曾收藏，近年西泠等拍卖也偶有出现，2016年西泠春拍就上拍过一部，以四十二万多成交。来燕榭藏本既非孤本，又是残册，但是其中有周亮工、汪启淑藏印，有黄先生十三方印章和五段题跋，则是别的藏本无可比拟的，其价值正在此。

一树梅花一首诗

一

童二树画梅必题诗，曾有“万树梅花万首诗”的小印，据说晚年自己估算完不成这个数，改“一树梅花一首诗”。一生究竟画了几树梅花题了几首诗，不得而知。

朵云轩所藏童二树《梅花》轴，题有几十韵长诗：“朔风猎猎吹黄沙，窗前万卉鲜萌芽。门关白昼自僵卧，有梦忽堕溪西花。恍疑身入香雪海，氤氲香雾相周遮……”诗且不论，题跋让人眼睛一亮：“乾隆甲午冬月，辱承随园老前辈先生以诗见寄，兼索写梅。附呈一章求教。二树。”原来这是送给袁枚袁子才的画。

甲午系乾隆三十九年，公元一七七四年，袁子才五十九岁。《小仓山房诗集》这一年有《题童二树画梅》一

童二树《梅花》

诗："童先生，居若耶。一只小艇划春绿，一枝仙笔画梅花。画成梅花不我贻，远寄瑶华索我诗。我未见画难咏画，高山流水空相思。吾家难弟香亭至，口说先生真奇士。孤冷人同梅树清，芬芳人得梅花气。似此清才世寡双，自然落笔生风霜。杜陵既是诗中圣，王冕合号梅花王。愧我孤山久未到，朝朝种梅被梅笑。如此千枝万枝花，不请先生一写照。"（《小仓山房诗文集》，上海古籍出版社，1988 年版，第二册，568 页）童二树画跋中说的袁子才以诗见寄，多半就是这首。题目虽然叫《题童二树画梅》，根据诗中"我未见画难咏画"句意，子才写诗时还没见到童画的梅花。

童二树，名钰，山阴人，康熙六十年（1721）生，小袁子才五岁。两人互粉多年，却缘悭一面。据子才《童二树诗序》云："君有《越中三子集》行世。丙子岁，余读而爱之，无由得见。"丙子为乾隆二十一年（1756），比他写题画诗早十八年，袁子才就已经知道童二树的诗名了。两人从未见过，直到乾隆四十七年（1782）春天，童二树在扬州修志，渡江到南京拜访，不料袁子才带着爱徒刘霞裳同游天台去了。子才五月回南京，随即又去苏州、芜湖，等他十月份去扬州回访童二树时，童已在十天前去世了。

童的儿子见到袁子才说："先人知公将来，喜甚。病中闻爹户声，辄疑公至。委化前一日属曰：'吾神气绵惙，度无分见袁公。如公至，可将诗与平生事状付之，则吾目瞑矣。'"袁子才的同乡诗人周汾告诉子才："先生知童君之愿见先生，更胜于先生之愿见童君乎？君矜严，少所推许，独嗜先生诗，称为本朝第一。病殗殜矣，梦中懵呼犹日望先生至。揣其意，盖自知年命不长，将以数千篇呕肝擢胃之作，就平生所心折者而证定之耳。"

袁子才为这位未曾谋面的知己亡友写了一首悼念之诗《哭童二树》，写了一篇《童二树先生墓志铭》，编了一部诗集并写了一篇《童二树诗序》(《小仓山房诗文集》，第二册，745 页；第四册，1709、1761 页)。《墓志铭》中说："先生名钰，字二树，号璞岩，又号借庵。宋慈溪童公亮之后。生而炯介笃诚，潜心古初。弃举业，专攻诗。家邻女史徐昭华，七岁时，徐抱置膝上，为梳髻课诗。及长，与刘鸣玉、陈芝图号越中三子。常往栖凫村，月中行吟，得一诗，绾袜带为一结以记之。比晓入城，数其带，得二十四结矣。其风趣如此。"又说童"画兰、竹、水石皆工，而尤长于梅。使气入墨，奇风怒云，奔赴毫端，海内争购。有高氏九棺未葬，先生挥十纸助之，须臾尽雠窀穸以办。临终画一枝留赠，花未点而手已僵。古干零落，如赋《残形操》。呜呼，可哀也已”。

这里说到童二树画梅助葬事甚奇，详见《随园诗话补遗》卷一。袁子才二十出头时，落魄京师，曾在京同乡前辈高景蕃（字怡园）御史家中住了几个月。四十多年后，高怡园病逝，袁子才为他写了墓志铭。高去世时，贫甚，家中有九个棺材未下葬。夜里托梦给童二树，出笺纸求童画十幅梅花。但是童二树从不认识高，惊醒，看到桌上有袁子才写的墓志铭，其中说高“短而癯者”，就是梦中人的样子。童告诉朋友张蒙泉，张说：“莫非高公想借君画以归土耶？”童二树欣然握笔，画了十幅梅花。但是卖给谁呢？当时童二树客居中州，正好河南施我真太守来，听得此事，说：“画梅助葬，真盛德事。”就出葬资二百金，买了十幅梅花，并题一诗：“十幅梅花十万钱，诗中之伯画中仙。耶溪太守捐清俸，了却幽人梦里缘。”张蒙泉招同人和其诗，集成一本《梦中缘》。几年后，袁子才看到《梦中缘》，才知此事原委（《随园诗话》，人民文学出版社，1982 年 9 日第二版，下册，585—586 页）。

这件奇事，童二树本人也有记录。周作人写过一篇《关于童二树》（收在《瓜豆集》中），提到《二树山人写梅歌》集有一首题云："连夕苦吟，侵晓始得假寐，已月有旬日矣。上元前二日梦一老翁，颀而长，面目苍黑，虬须白且尽，衣冠亦甚古，相接极欢，出笺纸十束，上篆龙须二字，索余写十梅图，余欣然应之，初不知其梦也，醒后历历可忆，噫，异矣。"此和《随园诗话》中所说大致符合。只是袁诗话说梦中老翁"短而癯"，童诗题云"颀而长"。"究竟短乎长乎，无从悬揣，不知系二树的梦境迷离，抑随园之寓言十九欤，均不可知也。"知堂老人如是说。

二

对童二树与袁子才的交情，章学诚曾大表质疑。童二树的这位同乡后辈（有说章是童的学生，余英时在《论戴震与章学诚》一书中已否定）一口咬定："此则诬罔太甚，不可不辩白也。童君为吾乡高士，生平和易近人，非矜高少许可者。惟见江湖声气一流，恶其纤佻儇俗，绝不与通交往。此人素有江湖俗气，故踪迹最近而声闻从不相及。盖童君论诗尚品，此人无品而才亦不高，童君目中，视此等人若粪土然。虽使匍匐纳交于童君，童君亦必宛转避之，无端乃至死生之际，力疾画梅，求伊为序，真颠倒是非，诬枉清白之甚者矣。”章实斋一向鄙视袁子才，而他否认童二树与袁有交往的依据，就是两人“彼此闻名已非一日，童君果肯倾倒此人，则数十年中，踪迹又不甚远，何至全无片简往还？”因此，“即以情理推之，亦万无此事也。”（转引自郑幸《袁枚年谱新编》，上海古籍出版社，2011 年 10 月版，485—486 页）

当然，并非所有的说法都出自袁子才之口，童二树自己没有表白。不知章实斋是否读过童二树的诗集，知堂老人收有童二树的四种诗集（袁子才审定的那部“今不得见”），《二树诗略》卷四有题袁香亭（子才之弟）诗，其二有云：“楚中昔日称三道（注，指中郎兄弟），吴下今知有二袁。”虽然知堂老人也不喜欢袁子才，但还是说了公道话：“袁子才好名，诗话所记多过于夸诩，文章亦特无趣味，盖其缺点也，唯二树之推崇随园盖亦系事实。”

假如章实斋看到朵云轩所藏童二树的这幅画，看到童的题诗中这么几句："每羡先生好乡井，坐卧岂独湖山嘉。图成题句远相报，将毋聒耳嘲淫哇。安得掷砚急归去，日随杖履凌烟霞"，不知会不会收回那些质疑？

古风、雅贼及其他

一缕古风

扬之水写文章回忆她在《读书》当编辑时，赵越胜经常会打电话给她，在电话里把刚写就的文章念给她听。“虽然往事保存在记忆里的已经不多，不过总还记得当日越胜逢有新作成篇，都要打电话来讲述文章大要，并且挑几个得意的段落诵读一番。今天重温越胜的文字，最觉熟悉的便是听他诵读过的片段。而对于作者来说，这里隐含一点成功的喜悦，却更是一种锻炼文字的方法，即以上口与否，检阅文字的节奏韵律。以此记起畅安先生也每每如此，可以说是一种习惯，也可以说是一缕古风。”（《好看，也好听》，《文汇报》2016 年 11 月 26 日“笔会”版）

周亮工《赖古堂集》卷十三有一篇《王于一遗稿序》，

说这位王先生每写完一篇文章，“出以示人，必先布其大意所在，而后许人读。读未数行，则又卒语人曰：‘止！此中意复如此如此也。’若是者数四，而后人得卒读。且更从旁为之点首击节，豁然抚掌大笑，甚有哭失声，泪纵横下者……”（转引自钱锺书《容安馆札记》第九十则）这是让别人读自己文章，自己在旁点评甚至“配声”，与扬之水所忆赵越胜自己读自己评点略有不同，当是另一种古风吧。

扬之水说王世襄（畅安）先生也有这个习惯，我在王先生家也多次听王先生读过自己刚写好的文章。赵越胜先生后来一直在法国，我无缘识荆，也无机会听他诵读自己的文章。倒是法国作家也有同样的“古风”，他在那里是否继续着这一习惯？毛姆在《作家笔记》的“前言”中比较英法作家的不同：“还有一件事儿法国作家们都常做：他们会把自己的作品念给同行听，念正在创作中的稿子，也会念完成了的书稿。他们的这个习惯总是让我很惊讶。英国作家有时也会把自己尚未出版的书稿寄给同行，请他们指教。‘指教’的意思是赞扬，哪个作家要是真对别人的书稿提出异议，那他可就太轻率了，他这样只会冒犯别人，他提出的批评也不会有人理睬。”（陈德志、陈星译，南京大

学出版社，2011 年 1 月版）

毛姆大概忘记了兰姆所记柯勒律治的故事了：柯勒律治为查尔斯·兰姆朗诵自己创作的长诗时，抓住了这位朋友外套上的一粒扣子，让对方无法脱身。兰姆掏出折叠小刀割下扣子，迅速从花园的小门撤离。“五个小时过去了，我回家路过花园时，依然听见了柯勒律治的声音，我向里望去，他在花园里闭着眼睛，手指捏着扣子，右手优雅地摆动着，就像我离开他时那样。”（〔英〕理查德·科恩《像托尔斯泰一样写故事》，徐阳译，大象出版社，2019 年 12 月版，216 页）

为别人诵读自己的文章，更多还是自赏吧，不管是古代还是英法。

雅贼来访

乾隆五十九年甲寅（1794），诗人张问陶在北京的寓所遭小偷光顾，《船山诗草》卷十一有“五月初二夜贼入飞鸿延年之室尽卷壁上书画去作诗纪事”一首，诗云：“平生有大幸，遇贼亦不俗。留我杖头钱，舍我瓶中粟。翛然如采东篱菊，篆隶丹青三五幅。虽取不伤廉，虽多不为虐。是为盗之圣，高风羞跖蹻……”不仅对这个偷书画的雅贼颇为赞赏，最后还邀请他再来饮酒论文：“我有一斛酒，可以销长夏。酌以鸬鹚勺，覆以秦汉瓦，一樽黑夜堪同把。倘肯重来悄语细论文，不妨大家痛饮西窗下。”（《船山诗草》，中华书局，1986 年 1 月版，272 页）

张船山应该是没有等到这位雅贼。二十世纪六十年代中，逯耀东刚到台湾大学教书，某天晚饭时，听得有人敲门，开门见一面目清秀的陌生人站在门口，自称是小偷，有事请教。于是请进屋，奉茶，又炒了一盘鸡蛋，留他晚饭。边吃边聊，来人说他曾来拜访过，不过上次是在夜里，而且是从窗子进来的，发现逯耀东“家徒四壁”，无甚可取，也不忍有所取。其实逯耀东说他家墙上挂着一幅溥心畬“鸟影寒塘静，山光野境澈”的书法立轴，这位小偷是不识货，还是不忍偷，没说。

小偷说，他在报上读过逯的文章，又见他家里这么穷，就决定来拜访，这次不从窗户走，从门里进来。“这些年到人家，从没有走过大门，更没有敲过人家的门，”小偷说，

"刚刚敲门时，的确有点胆战心惊。"

在这次正式拜访前，小偷还曾给逯耀东写过一封信，署名"偷儿"，逯耀东记得有这么一封信，洋洋洒洒好几页，字迹娟秀，文也流畅，原以为是某个读者的戏言。这次他又带来一叠稿子和一本蒋廷黻的《中国近代史》，说稿子是他写的，请逯有空时看看，书是他上次来时"借"的，现在看好了归还。随后说打扰半天，要告辞了。

逯耀东送他到车站，他说没钱买车票，逯替他买了票。公车来了，他伸出手握了逯一把，说以后不要再见了，就跳上车走了。逯耀东写了这篇《君子在梁上》，收在《那年初一》（台湾东大图书公司，2000 年 4 月版）一书中。

春风一度咸肉庄

茅盾《子夜》第二章，在吴老太爷灵堂旁的大餐室里，不少人哄集着聊天，谈话题材从军事政治到娱乐——"轮盘赌，咸肉庄，跑狗场，必诺浴，舞女，电影明星"。

《子夜》后来被译成英、法、日多种文字，其中日译本将上述这段话里的“咸肉庄”注解为“肉类加工店”。偶然翻阅浙江桐乡的文艺杂志《梧桐影》，二〇一七年第二期上有一篇陈毛英的《茅盾趣谈〈子夜〉“咸肉庄”的误译》，并附有茅盾一九七六年十月十日写给作者父亲陈瑜清（茅盾的表弟）的一封信，谈的就是日译本“咸肉庄”的误释：

> 译者不知此为秘密卖淫所（又有别于私门子，此乃专为妖姬荡妇开方便之门，她们并不完全意在缠头，意在泄欲，她们身体是“自由”的，即庄主召她们时，可以不来，来了而不喜男方，可不陪宿。她们是瞒着家里人这样干的，春风一度，男方不知其真姓名与身世，女也不肯说，这怕是上海特有的秘密的性交易所。女的并不常住庄上，有男人来，庄主始去召。庄也保密，外表似住家，无熟人介绍，虽得其门亦不能入也）。恐怕外国未必有那样的东西。译外文要正确，是困难的。日文本译注肉类加工之店，显然错得可笑。

但是这样的秘密性交易所，为什么叫“咸肉庄”，茅盾并无解释。汪仲贤撰文、许晓霞绘图《上海俗语图说》，有

"斩咸肉"词条，其中说："有一种女子，藏在家里，等客人上门去就她们，一经看对，立刻就能解决性的苦闷，这就叫做'咸肉'。她们的'性的出张所'，叫做'咸肉庄'，到咸肉庄去发泄性欲，就叫做'斩咸肉'。"但是这"咸肉"命名之由，作者也说莫测高深，只能猜测："食肉自以新鲜为贵，加过盐的咸肉，非但失却肉的真味，并且多少总还带些臭气，非胃口好的朋友，终有些不敢承教。'咸肉'命名或有此暗示。"另有解释说：咸肉虽不新鲜，但耐贮藏，旅客携作路菜，最为相宜。上海是大码头，出门人最多，"咸肉庄"就为便利旅客而设。作者认为这个解释有道理（上海书店出版社，1999 年 6 月影印版，23—24 页）。

读，还是不读

前一阵子，《复旦中文系教授写了"不必读"书单》在微信朋友圈里广泛传播，文章作者严锋也是我的朋友。

"读书并非开卷有益，有些书无益，有些书无聊，有些书有害。"严锋说，"人生有涯，千万不要不加选择地读书，这里提供一份我心目中不必读的书的清单。”这让我想起一百多年前的一八八六年，英国一张报纸开设了一个系列专栏，由“一百位最佳评判者”举荐“一百本最佳图书”，也向奥斯卡·王尔德征求推荐书目。王尔德回了一封信，以“读，还是不读”（To Read, Or Not To Read）为题刊发在二月八日的《蓓尔美尔街公报》上，编者按语说：“虽然我们刊登了如此多的劝人应阅读什么书的信件，像奥斯卡·王尔德先生这样的权威提出的下述‘不应阅读什么’的建议可能更具有帮助。”（《王尔德全集》第五册书信卷，中国文学出版社，2000 年 9 月版）

王尔德把书分成三类，一类是值得一读的书，一类是值得再读的书，一类是根本不值一读的书。“这第三类尤其重要。告诉人们‘该读什么书’这既无害也无益，因为文学欣赏是人的气质问题，不是由别人指导而得。诗人不必再读启蒙读本，学不到的东西是值得你永远去学的。但是，要告诉人们‘不该读什么书’就截然不同了。它是我们这一时代必不可少的东西，因为我们这一时代有太多的东西要读，几乎是一种生吞活剥式的阅读，根本来不及去仔细揣摩，而作家也在大量地创作，无暇作进一步深刻的思考。

倘若谁能整理出现代课程‘百本坏书’，并开列出书单，这无疑将是现代青少年真正而永久的福音。”（这里引的是《王尔德全集》第四册评论随笔卷里杨东霞的译文）

“不值一读的书”，王尔德也列了几种，我们比较熟悉的有：穆勒作品中除了散文《论自由》之外，其他都可弃之一边；还有伏尔泰的全部戏剧、休谟的《英格兰》、刘易斯的《哲学史》；以及所有值得争议的书和所有想要证明什么东西的书。

康德散步轶事考辨

毛姆随笔集《随性而至》中有一篇《对于某本书的思考》，把哲学家康德的日常生活写得绘声绘色。其中说到一段轶事，后来流传甚广：康德每天不论天晴还是下雨都要散步，而且不多不少一个钟头；每天离家的时间也是分毫不差，镇上的人都能根据他出门的时间来对钟；而且他散步一成不变走着相同的路线，只有一七八九年七月中下旬的某一天，他走了另外一个方向，哥尼斯堡的居民惊讶万分，纷纷议论一定发生了什么了不得的大事，原来这一天康德得到消息，巴黎的暴民攻陷了巴士底狱（宋佥译，上海译文出版社，2011 年 10 月版，118—119 页）。

但毛姆在小说《寻欢作乐》中借评论家牛顿之口说的这段轶事，却略有不同：康德不是改变了散步的方向，而是提早一个小时从家里出来，邻居们照样脸色大变，他们明白一定出了什么可怕的事。果然他们猜对了：康德刚刚得到巴士底狱陷落的消息（叶尊译，译林出版社，2006 年 1 月版，206 页）。

两种说法，哪个更为准确呢？我翻阅了手边三本康德的传记：〔德〕卡尔·福尔伦德的《康德生平》（商务，1986）、〔苏〕阿尔森·古留加的《康德传》（商务，1981）和〔美〕曼弗雷德·库恩的《康德传》（世纪文景，2008），结果，都不是这么说的。康德每天午饭后要散步，这都有记载，但出门时间分毫不差，却不是指散步，而是有几年，康德每天下午要去拜访因痛风不能出门的老朋友格林，这位英国老朋友过着严守规律的生活，被称为“像时钟一样的人”，康德和他“相聚时间的规律性，起初是因为英国人的准时性格，不是因为康德。据说，邻居可以根据康德傍晚离开格林家的时间来对表：访问的时间在七点结束”（库恩《康德传》191 页）。有个当事人还回忆说：“有时我会听见路上的邻人说：现在不可能已经七点，因为康德教授还没有经过。”（同上，314 页）而康德听到巴士底狱被攻占的消息，改变了散步习惯，三本书都只字未提。

库恩《康德传》在 523 页有一个注释：“曾经有一段常被传颂的轶事，内容大约是康德如此投入卢梭的作品，以至于忘记了他固定的散步时间。由于他在 1764 年还没有过他晚年那种规律的生活，这段轶事可能不是真的。”

无论是攻占巴士底狱，还是阅读卢梭，康德散步改变规律这段轶事，我小时候就读到过，后来又多次读到，也不管是不是毛姆发明的，肯定还会流传下去，知道这个轶事的人也肯定比读康德著作的人多。

疯帽匠和老水手

罗素与疯帽匠

一九二〇年十月，英国哲学家伯特兰·罗素偕女友访问中国，刚从美国留学归来的赵元任为他当翻译。晚年罗素在其《自传》中回忆说："我们有一位正式的翻译，他被派来照顾我们。他的英语非常好，他特别以能够用英语讲双关俏皮话而感到骄傲。他的名字是赵先生（Mr. Chao）……在我们旅行的过程中我成了他的一个亲密朋友。"（《罗素自传》第二卷，陈启伟译，商务印书馆，2003 年 10 月版，187—188 页）

赵元任晚年用英文写过一本《赵元任早年自传》，有一章讲为罗素当翻译事，其中提到有一次在屋顶花园请罗素和他女友吃饭，"我冒昧地说道，那天罗素拍的照片很像

《阿丽斯漫游奇境记》里头的帽匠，罗素说，没那么古怪吧！我请读者看看那张照片，自己下个判断。”(《赵元任早年自传》，季剑青译，商务印书馆，2017 年 5 月第二次印刷，235 页）赵的原文只是说“looked very much like the Mad Hatter”，《阿丽斯漫游奇境记》的书名是译者加上去的。没错，说的就是这本书里的“Mad Hatter”（疯帽匠）。

赵元任在《早年自传》里说，那阵子，“我最感兴趣的事儿是翻译《阿丽斯漫游奇境记》，这是我的第一本书，书名是胡适起的，1922 年在上海出版”（同上，227 页）。赵元任对罗素说他的照片“像《阿丽斯漫游奇境记》里头的帽匠”，指的应该是约翰·坦尼尔（John Tenniel）为该书第七章“疯茶会”画的插图中的疯帽匠。罗素的形象现在读者已经非常熟悉了，这里附上坦尼尔画的疯帽匠的样子，请读者看看，“自己下个判断”。

并不是只有赵元任有这个联想，美国应用数学家、控制论的创始人诺伯特·维纳（Norbert Wiener）在他的自传《曾为神童》（Ex-Prodigy）里也曾说过：“描述哲学家罗素是不可能的，除非拿出疯帽匠来举例……我们几乎可以说田尼尔的讽刺画预示了罗素的出现。”（转引自马丁·加德纳

约翰·坦尼尔画的《疯茶会》场景，右为疯帽匠

［Martin Gardner］详注本《爱丽丝梦游仙境与镜中奇缘》，陈荣彬译，台北大写出版，2016年10月版，150页）

“维纳还说，跟罗素一样在剑桥大学任教的两位哲学家麦塔加（J. M. E. McTaggart）与摩尔（G. E. Moore）则是分别很像田尼尔笔下的睡鼠与三月兔。剑桥的人都把他们称为‘疯狂茶会的三大天王’（the Mad Tea Party of Trinity）。”（同上。Trinity应该又指剑桥“三一学院”，为双关语。）可见，也不是维纳一个人这么觉得，当年剑桥的人都这么看。

“水呀，水呀，处处都是水”

英国作家约翰·萨瑟兰（John Sutherland）在《文学趣谈》（*Curiosities of Literature*）“以讹传讹”一节中列出几句大众喜欢的引言，指出这些都不是按原文引用的，其中有柯勒律治一句：“水啊，水啊，处处都是水，却休想喝一口。”（艾黎译，上海译文出版社，2012年11月版，134页）

查萨瑟兰原书，所谓错引的这句话原文是：“Water, water everywhere, and not a drop to drink”。但萨瑟兰在书里

没有提供正确的原文。

写小熊维尼的英国作家米尔恩（A. A. Milne）曾写过一本侦探小说《红屋之谜》（*The Red House Mystery*，1922），其中有一场，比尔协助托尼在书房侦察，正碰上管家凯利闯进，比尔为了掩护托尼，假装在书架上找书，顺手就拿了一本柯勒律治的诗集，凯利问他在书里找什么，比尔说："我正找一个句子。托尼和我打了个赌，你知道那个句子吗，水呵水，到处都是水，却没有一滴能喝。"（张旭光译，新星出版社，2010 年 4 月版，128 页）

查米尔恩原著，比尔引的这句 "Water, water everywhere, and not a drop to drink"，正是萨瑟兰所谓错引的那句。博学的凯利马上纠正说："原话是，'却没有一滴能解我焦渴。'" 比尔吃惊地望着他问："你肯定？" 凯利说："当然。"（同上）

凯利纠正的这句原文是："Nor any drop to drink"。这两句译成中文几乎没有什么区别。这句名言出自柯勒律治的长诗《老水手行》（*The Rime of the Ancient Mariner*，又译《古舟子咏》）第二部，原诗这段四句是：

Water, Water, every where,
And all the boards did shrink;
Water, Water, every where,
Nor any drop to drink.

杨德豫的译文是：

水呀，水呀，处处都是水，
　泡得甲板都起皱；
水呀，水呀，处处都是水，
　一滴也不能入口。（英汉对照《老水手行——柯勒律治诗选》，译林出版社，2012年8月版，32页）

钱锺书先生晚年常常请外文所的同事借书，据薛鸿时回忆，有一次外文所图书馆来了一些新书，薛鸿时不知道钱先生想看哪本，就把新到的全部书目抄给他。但钱先生一本都不要看，“他风趣地在回信中引用英国诗人柯勒律治《古舟子咏》中的话：Water water everywhere and not a drop to drink！（尽管到处都是水，但是能解渴的连一滴都找不到！）”（《钱锺书先生百年诞辰纪念文集》，三联书店，2010年11月版，181页）如果薛鸿时抄录无误的话，那么钱先生在信中引用柯勒律治的这句诗，恰恰就是萨瑟兰书里所谓错引的那句。可见这句诗被引错的频率之高。

后　记

一

钱锺书《容安馆札记》四百四十六则，引林希逸《答友人论学》云：“逐字笺来学转难，逢人个个说曾颜。那知剥落皮毛处，不在流传口耳间。禅要自参方印可，仙须亲炼待丹还。卖花担上看桃李，此语吾今忆鹤山。”并解释说：“末二句本《鹤山大全集》卷三十七《答周监酒》，即为劝读朱子书而发。”

正好前一则四百四十五，就引过魏了翁《鹤山先生大全文集》卷三十六《答周监酒》：“见得向来多看先儒解说，不如一一从圣经看来。盖不到地头亲自涉历一番，终是见得不真。文公诸书读之久矣，正缘不欲于卖花担上看桃李，须树头枝底，方见活精神也。”

《札记》二百九十九则，评洪迈《野处类稿》二卷：“盖容斋腹笥淹博，不只于卖花担上看桃李也。”又引《罗氏识遗》卷二：“近时蜀士董梁可曰：‘文字、用事要从元出处推究，不可只扯拽他人见成事来使，譬如贾物出产处得来，既可择其美恶，又可兼货并畜。若只他人担上贩来，不惟美恶不辨，亦得少而售狭矣。’此亦不欲担头上看花也。”

这句话可能是宋人耳熟能详的，欧阳修《六一诗话》中就曾说：“京师辇毂之下，风物繁富，而士大夫牵于事役，良辰美景，罕获宴游之乐。其诗至有‘卖花担上看桃李，拍酒楼头听管弦’之句。”（《历代诗话》，中华书局，1981年4月版，上册，264页）

钱先生自己也喜欢引用，《札记》七百六十七则：“读Wm Rose, *A Book of Modern German Lyric Verse*，甚有佳篇，异乎常选，安得求诸家全集讽咏之，免于卖花担上看桃李哉！”

为卢弼作《慎园诗选序》，讥讽樊增祥：“樊山稗贩掇拾，不免于花担上看桃李。”（《卢弼著作集》卷九，复旦大学出版社，2019年6月版，第8页）

《谈艺录》50页“补遗一”，又说苏曼殊“盖于西方诗家，只如卖花担上看桃李耳”，“不免道听途说”（中华书局 1984 年版，374 页）。

沈瘦东《瓶粟斋诗话》也有这般比喻，说李审言“评仆为读书人之诗，如从树上看花，撷其英实；不是从花担上看花，便诩为写生妙技也”（《民国诗话丛编》，上海书店出版社，2002 年 12 月版，第五册，555 页）。

把近年写的长短文章选编成集，大部分仍为读书札记，其中又有多篇是读《容安馆札记》的札记，难免“卖花担上看桃李”之讥，干脆先认了，书名就叫“担头看花”。

二

曾写过一篇《克里斯蒂小说中的中国元素》（见《不愧三餐》），提到阿加莎·克里斯蒂的小说《魔手》（*The Moving Finger*）中，主人公最喜欢一张中国画，“画面是一位长者坐在树下用缠在手指头和脚指头上的线绳玩挑棚子的游戏”，“此画叫作‘老夫聊发少年狂’”。查原著，是这么写的：an old man sitting beneath a tree playing cat’s cradle with a piece of string on his fingers and toes，画名是“Old Man enjoying the pleasure of Idleness”。在《阿加莎·克里斯蒂自传》的自序中，她也说过很喜欢一幅古老的中国画卷，“画上有一个老人，坐在树下，正在玩翻绳游戏。画的名字叫《老叟闲趣》，这幅画我一直记忆犹新”。英文原文与《魔手》中差不多，画名也一样。

但我想不起这是哪幅古画，从克里斯蒂的小说和自传中介绍得知，这幅画三十年代曾去伦敦展览过。虞顺祥先生查到线索，说赴伦敦展览的中国艺术品曾出过一本图录，而且还查到同济大学图书馆收藏有此图录（祝淳翔先生也参与了探讨）。我请在同济大学任教的汤惟杰先生帮忙查询。不久查到了:《参加伦敦中国艺术国际展览会出品图说》，商务印书馆一九三六年出版，在第三册“书画”部分，有一张与克里斯蒂描述一样的画，署“宋马和之《闲忙图》（传）”，画幅右边有英文说明：“Ma Ho-chin: Hsian Mang T'u——Working at Leisure（attributed）”。仔细观看图中树下坐着的老人，并不像克里斯蒂说的一个人在玩“挑棚子游戏”，而更像在搓绳线。且不管克里斯蒂是不是误读了画面，她如此喜欢一张中国古画，多少让中国读者感到亲切。

宋马和之《闲忙图》（传）

三

收入本集的，“诗人卞之琳”为多年前旧作，“方重的一本旧藏”系旧文扩充改写而成，其他都是近三四年所写。

这里我首先要感谢一位至今还不知道真名实姓的先生，他的网名叫“视昔犹今”。这位先生从二〇一三年开始在新浪博客连续刊发《容安馆札记》的整理稿，到二〇一八年，把《札记》七百九十九则全部整理出来。翻阅过《札记》手稿的读者应该知道，这几乎是一件“不可能的任务”，但他花了五年时间做到了。当初《容安馆札记》刚影印出版时，我曾花了不少时间翻阅，但识读困难，所得甚微。因为平时不看博客，等我知道“视昔犹今”有整理稿，已经是全部完成了。我请同事帮忙下载打印、装订成十册，这几年来不时翻阅。本书引用《札记》中文字，基本依照整理稿，部分查对了影印本，书中不再一一注明。

感谢王强先生允许收录他那篇详实的补充；恺蒂、顾真、虞顺祥、张治等多位朋友，或为查寻相关资料，或为网购原版旧书；感谢《澎湃新闻·上海书评》刊发部分文章；感谢吴东昆先生通读书稿纠正讹误；感谢草鹭文化和上海文艺出版社慨允出版。某种意义上说，隔几年出一本小册子，就是为了对这些年来给过帮助的诸位师长朋友道声感谢。

二〇二一年十月六日

图书在版编目（CIP）数据

担头看花/ 陆灏著. -- 上海：上海文艺出版社,2022

ISBN 978-7-5321-8330-2

Ⅰ.①担… Ⅱ.①陆… Ⅲ.①随笔－作品集－中国－当代

Ⅳ.①I267.1

中国版本图书馆CIP数据核字(2022)第124658号

发 行 人：毕　胜

出版策划：草鹭文化

责任编辑：胡远行　张艳堂

特约编辑：董熙良

装帧设计：草鹭设计工作室

书　　名：担头看花

作　　者：陆　灏

出　　版：上海世纪出版集团　　上海文艺出版社

地　　址：上海市闵行区号景路159弄A座2楼　201101

发　　行：上海文艺出版社发行中心

上海市闵行区号景路159弄A座2楼206室　201101　www.ewen.co

印　　刷：上海盛通时代印刷有限公司

开　　本：787×1092　1/32

印　　张：7.125

插　　页：4

字　　数：112,000

印　　次：2022年8月第1版　2022年8月第1次印刷

I S B N：978-7-5321-8330-2/I.6574

定　　价：79.00元

告 读 者：如发现本书有质量问题请与印刷厂质量科联系　T: 021-37910000